금오신화

수능대비 한국문학 필독서 06
금오신화

지은이 김시습
엮은이 김성해
펴낸이 임상진
펴낸곳 (주)넥서스

초판 발행 2013년 6월 10일

2판 1쇄 인쇄 2018년 7월 15일
2판 1쇄 발행 2018년 7월 20일

출판신고 1992년 4월 3일 제311-2002-2호
주소 10880 경기도 파주시 지목로 5
전화 (02)330-5500 팩스 (02)330-5555

ISBN 979-11-6165-439-3 44810

이 도서의 국립중앙도서관 출판예정도서목록(CIP)은
서지정보유통지원시스템 홈페이지(http://seoji.nl.go.kr)와
국가자료공동목록시스템(http://www.nl.go.kr/kolisnet)에서
이용하실 수 있습니다.
(CIP제어번호 : CIP2018020675)

www.nexusbook.com

수능대비 한국문학 필독서
06

금오신화

김시습

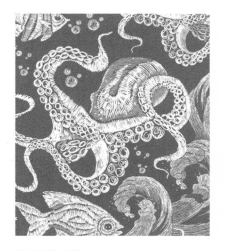

김성해 엮음·해설

넥서스

차 례

◆ 작가에 대하여

김시습 [金時習, 1435(세종 17년) ~ 1493(성종 24년)]

본관 강릉(江陵). 호는 매월당(梅月堂). 서울 성균관 부근에서 출생하였으며, 신동으로 이름이 높았다.

김시습은 세조의 왕위 찬탈에 반대하며 평생 벼슬을 거부한 생육신의 한 사람이다. 문학적으로는 최초의 한문 소설인《금오신화》를 비롯해 2천여 수의 시와 150편에 이르는 논(論)과 전(傳)과 기(記)를 남겼다. 또한 그는 우리나라의 풍류사와 도교사에서도 빼놓을 수 없는 중요한 인물이며, 탁월한 선사로서 한국 불교사의 거목이기도 하다.

김시습은 천재 중에서도 비상한 천재였다고 알려져 있다. 그는 태어난 지 8개월 만에 말뜻을 알아듣기 시작하여 3세 때부터 외할아버지로부터 글자를 배우기 시작하였다.《정속(正俗)》,《유학자설(幼學字說)》,《소학(小學)》을 배운 후 5세 때 이미 시를 지을 줄 알아 신동이라는 소문이 당시의 국왕인 세종에게까지 알려졌다. 세종이 승지를 시켜 시험해 보고는 장차 크게 쓸 재목이니 열심히 공부하라고 당부하고 선물을 내렸다고 하여 '오세(五歲, 5세)'라는 별호를 얻게 되었다.

15세 되던 해에 어머니가 돌아가시자, 인생의 무상함을 깨닫고 불교에 입문하여 삼각산 중흥사로 들어가 공부하였다. 1455년 21세 때, 수양대군이 조카인 단종을 내몰고 왕위에 오른 계유정난(癸酉靖難) 소식을 듣고 3일간 통곡하다 스스로 책을 태우고 중이 되어 방랑의 길을 떠났다. 이후 9년간 방랑하면서 《탕유관서록(宕遊關西錄)》, 《탕유관동록(宕遊關東錄)》, 《탕유호남록(宕遊湖南錄)》 등을 썼다.

세조 9년(1463년) 효령대군의 권유로 잠시 세조의 불경언해(佛經諺解) 사업을 돕다가 경주 남산에 금오산실(金鰲山室)을 짓고 입산하였다. 여기서 한국 최초의 한문 소설 《금오신화》를 지었고, 《산거백영(山居百詠)》을 썼다. 이곳에서 6~7년을 보낸 후 다시 상경하여 성동에서 농사를 지으며 《산거백영 후지》를 썼다. 성종 12년(1481년)에 중의 신분을 버리고 속세로 돌아와, 안씨(安氏)를 아내로 맞이하였다. 다시 방랑의 길을 나섰다가 성종 24년(1493년)에 충남 부여의 무량사에서 사망했다.

금오신화

◆ 작품 개관

《금오신화》는 매월당 김시습이 지은 우리나라 최초의 한문 소설이다. 이 작품에는 〈이생규장전〉, 〈만복사저포기〉, 〈취유부벽정기〉, 〈남염부주지〉, 〈용궁부연록〉 등 5편의 단편 소설이 실려 있다. 원래는 더 많은 작품이 수록되었던 것으로 추정되나, 현재는 이 5편밖에 전해지지 않고 있으며, 그나마도 국내에는 필사본만이 전해진다. 1884년(고종 21년)에 일본 동경에서 간행된 목판본 《금오신화》를 육당 최남선이 발견해 1927년《계명》제19호에 소개하였다.

◆ 줄거리

만복사저포기(萬福寺樗蒲記)

전라도 남원에 양생이라는 노총각이 있었다. 그는 일찍이 부모를

여의고 만복사라는 절에서 방 한 칸을 얻어 외롭게 살았다. 젊은 남녀가 절에 와서 소원을 비는 날, 그는 모두가 돌아간 뒤 법당에 들어갔다. 저포를 던져 자신이 지면 부처님을 위해 법연(法筵)을 열고, 부처님이 지면 자신에게 좋은 배필을 달라고 소원을 빈 다음 저포 놀이를 했는데 양생이 이기게 되었다. 양생이 탁자 밑에 숨어 기다리자 15, 16세 정도 되는 아름다운 처녀가 법당에 들어왔다. 처녀는 외로운 신세를 한탄하며 배필을 얻게 해 달라는 내용의 축원문을 읽고는 울기 시작했다. 이를 들은 양생은 처녀와 가연을 맺은 뒤 다시 만날 것을 약속하고 헤어졌다. 얼마 뒤 양생은 약속 장소에서 기다리다가 딸의 대상을 치르러 가는 양반집 행차를 만나 자신이 3년 전에 죽은 그 집 딸과 인연을 맺었음을 알게 된다. 양생은 처녀의 부모가 차려 놓은 음식을 혼령과 함께 먹고 난 뒤 홀로 돌아온다. 어느 날 밤 처녀의 혼령이 나타나 자신은 다른 나라에서 남자로 태어났으니 양생도 불도를 닦아 윤회에서 벗어나라고 한다. 양생은 처녀를 그리워하며 지리산에 들어가 약초를 캐며 혼자 살았다.

이생규장전(李生窺墻傳)

이생이 글공부를 다니다 귀족 집안의 아름다운 처녀인 최랑을 알게 되고 매혹된 나머지 사랑의 글을 써서 담 너머로 던진다. 그 뒤 그들은 사랑하는 사이가 되지만 이생 부모의 반대로 시련을 겪는다. 최 씨 부모의 노력으로 결국 두 사람은 부부가 되고 이생은 과거에 오른다. 그러나 얼마 되지 않아 홍건적의 난으로 여인이 도적의 칼에 맞아 죽자, 이생은 깊은 실의에 빠진다. 그러던 어느 날 여인이 환신(幻身)하여 이생을 찾아와 두 사람은 다시 행복한 나날을 보낸다. 3년이 지난 어느 날, 여인은 자신의 해골을 거두어 장사 지내 줄 것을 부탁하며 이생과 작별한다. 이생은 여인의 말대로 시체를 거두어 장사 지낸다. 그 후 이생은 여인을 지극히 생각한 나머지 병이 들어 세상을 떠나고 만다.

취유부벽정기(醉遊浮碧亭記)

송도 부호의 아들 홍생이 평양 대동강에서 친구들과 같이 뱃놀이를 하다가 흥을 이기지 못하여 홀로 작은 배를 타고 부벽정 아래에 이른다. 홍생이 정자 위에서 고국의 흥망을 탄식하는 시를 짓고 돌아가려고 하는데 갑자기 발자국 소리가 들려온다. 뜻밖에도 한 미인이 좌우에서 시녀를 거느리고 나타난 것이다. 홍생은 누각으로 올라가서 미인과 인사를 나눈다. 그 미인은 은왕의 후예요, 기자왕의 딸로서, 부왕이 위만에게 왕위를 빼앗긴 후로 정절을 지켜 죽기를 기다리는데, 신선이 된 선조가 불사약을 주어 수정궁의 상아가 되었다고 한다. 홍생은 부벽루에서 선녀와 하룻

밤을 지새며 서로 시를 주고받는다. 날이 새자 선녀는 승천하고, 홍생은 집에 돌아와 선녀를 생각하며 사모하던 끝에 병에 걸린다. 그때 선녀의 시녀가 나타나, "우리 아가씨가 상제께 아뢰어 견우성 막하의 종사를 삼았으니 올라오라."고 일러 주는 꿈을 꾼다. 그 후 목욕을 하고 옷을 갈아입은 후, 분향하고 누웠다가 세상을 떠났는데, 빈장(嬪葬)한 지 며칠이 지나도 안색이 변하지 않았다.

남염부주지(南炎浮洲志)

박생이라는 강개한 선비가 있었는데 꿈에서 염라대왕을 만났다. 염왕은 박생이 항상 정직하고 항거하는 뜻이 있어 세상에 살면서도 굽히지 않는 그를 만나보고 싶었다고 말한다. 박생은 염왕에게 제왕의 마땅한 자세를 역설하고 염왕은 박생의 이야기에 동조하며 박생에게 자기 자리를 물려 주겠다고 한다. 박생은 저승과 염왕의 환상을 비판하고 현실 정치에 대한 새로운 주장을 펴고 이승으로 돌아온다. 돌아온 뒤 장차 죽을 것을 알고 집안일을 정리하던 방생은 몇 달 뒤 병에 걸려 죽는다. 박생이 죽는 날 밤에 이웃 사람의 꿈에 신인이 나타나 그가 염라대왕이 될 것이라고 말해 준다.

용궁부연록(龍宮赴宴錄)

시문에 능한 한생이 표연에 살고 있는 용왕이 보낸 사자를 따라 용궁으로 들어간다. 푸른 옷을 입은 동자들의 안내를 받아 함인 지문(含仁之門)을 지나 수정궁을 들어가니, 조강신, 낙하신, 벽란 신의 세 신왕이 초대되어 와 있다. 용왕은 한생을 초대한 이유가, 용왕 딸의 화촉동방을 꾸밀 가회각(佳會閣)을 새로 지었는데, 그 상량문을 부탁하기 위해서라고 한다. 이에 한생이 상량문을 지어 주자, 용왕은 잔치를 벌여 한생을 대접한다. 잔치 자리에서 미녀 10여 명이 벽담곡을 부르고, 총각 10여 명이 회풍곡을 부르니, 용왕도 옥룡적을 불어 수룡음을 읊는다. 또 곽 개사가 나와 팔풍무를 추며 노래를 부르고, 현 선생이 나와 구공무를 추며 노래를 부른다. 숲 속의 도깨비와 산속에 사는 괴물들도 나와 휘파람을 불며 노래를 부른다. 이에 삼신이 각각 시를 짓고, 한생도 20운을 지어 올린다.

　잔치가 끝나자 한생은 용궁의 문물을 구경시켜 달라고 하여 여러 누각과 보물들을 두루 구경하고, 용왕이 주는 명주 두 알과 빙초 두 필을 받아 나온다.

◆ 작가와 작품

환상의 공간에서 이루고자 한 꿈

김시습이 《금오신화》를 지은 곳은 경주 금오산 기슭의 용장사 옛
터였다. 당시 용장사는 이미 문을 닫은 절이었는데, 김시습은 이
곳에 금오산실이라는 오두막을 짓고 매화와 대나무를 가꾸고 차
를 마시며 어지러운 세상사를 잊고 숨어 지냈다. 김시습이 이곳
에서 지내기 시작한 것은 세조 10년이었던 1465년, 그가 31세 되
던 해의 봄이었다. 훗날 영조가 그의 절개를 추모하여 그곳에 매
월당사를 지어 제사를 지내게 했다는 기록은 있으나, 지금은 아
무런 자취도 찾을 수 없다.

조선에서 가장 뛰어난 천재였던 김시습이 귀신이나 용왕 등
의 비현실적인 소재를 사용하여 소설로 쓴 까닭은 꿈을 이룰 수
없었던 김시습의 절망적인 현실 때문이다. 김시습은 이승, 즉
조선에서 이룰 수 없었던 사랑을 환상 속에서 한풀이처럼 이루
었다. 그것이 바로 이 《금오신화》의 배경이다.

김시습은 태어난 지 8개월 만에 말뜻을 이해하고, 5세에 한시
를 쓴 신동이었다. 그는 자신의 빼어난 재주를 갈고 닦고 다듬
으면서 벼슬길에 나아가 사람들을 구하고자 했다. 그러나 수양
대군이 조카인 단종을 왕위에서 내쫓으면서 그의 인생도 바뀌
게 되었다.

그 사건에 대한 울분으로 단종을 따르다 세조에 의해 목숨을 잃은 이들이 사육신(死六臣), 사육신처럼 처형당하지는 않았으나 평생을 세상과 등진 채 양심과 지조를 지키며 시대의 뒤에서 자신의 뜻을 지킨 이들이 생육신(生六臣)이었다. 김시습은 생육신 중 한 사람이기 때문에 평생을 세상에 나서지 않았다. 처음에는 복잡한 가정사로 인해 벼슬길에 나가지 않았던 김시습은, 후에는 자신이 품은 뜻과 맞지 않는 세상에 나아갈 수 없었고, 따라서 자신이 품은 꿈을 펼쳐 보지 못하고 접어야 했다.

김시습이 꿈을 이룰 수 있는 공간은 바로 현실이 아닌 특수한 공간, 즉《금오신화》속에 드러나는 인간의 세상이 아닌 귀신이나 바닷속 세상, 저승과 같은 특별하고 환상적인 공간이었다. 김시습은 현실에서 이룰 수 없었던 자신의 꿈을 이와 같은 장치를 이용하여《금오신화》안에서 이루었다.

◆ 작품의 구조
불교 사상으로 살펴보는 사랑, 만복사저포기
〈만복사저포기〉는 양생이 귀신 처녀를 만나 사랑을 나누지만 결국 헤어진다는 이야기로, 인간의 운명에 대한 통찰과 허무 의식 등의 주제가 남녀의 만남과 이별 속에 담겨 있다.《금오신화》에는 유교·불교·도교의 사상이 혼합되어 나타나는데, 이 작품의 경우는 불교 사상이 두드러진다.

배경이 만복사라는 절을 중심으로 나타난다는 점과, 불교에서 중시하는 인연을 통해 이야기를 전한다는 점, 특히 양생이 여인을 위해 재를 올리자 여인이 양생 앞에 나타나 '양생의 은덕으로 남자의 몸으로 다시 태어나게 되었다.'고 말하는 부분에서는 불교의 윤회 사상이 강하게 드러난다.

이 글은 인간과 귀신 간의 사랑을 다루고 있다는 측면에서 중국의 《전등신화》를 본뜬 것이라는 설도 있으나, 설화적 소재에 창의성을 가하고 소설적 형식을 갖춤으로써 소설로 발전하게 되는 과정을 보여 준다는 점에서 단순한 모방이라고만은 볼 수 없다.

유교적 신분 질서를 뛰어넘는 사랑, 이생규장전

〈이생규장전〉은 삶과 죽음을 초월한 사랑을 그린 명혼(冥婚) 소설로, 전반부에는 살아 있는 남녀 간의 자유연애를, 후반부에는 산 남자와 죽은 여자의 사랑을 다루고 있다. 전반부에서 묘사된 이생과 최랑의 사랑은 현실적으로 유교 사회 내에서는 용납될 수 없는 것이지만, 이들이 유교적인 질서를 과감히 깨뜨리고 사랑을 이룬 것은 당시로서는 상당히 파격적인 내용이라 할 수 있다.

어렵게 성공한 두 사람의 사랑은 홍건적의 난으로 인해 여인이 죽으면서 다시 깨진다. 하지만 난이 끝나고 돌아온 이생이 여인의 환신을 다시 만나면서 둘의 인연은 다시 이어진다. 따라서 후반부에서는 현실에서 좌절된 사랑을 귀신과의 사랑으로 바꾸어서 성취하고 있다는 점에서 전기 소설적인 면모가 나타난다. 작가는 귀신과의 사랑을 통해 이상적 세계를 낭만적 환상의 세계에서 실현하고자 했다.

도교 사상으로 살펴보는 사랑, 취유부벽정기

〈취유부벽정기〉는 남녀 간의 사랑을 제재로 하고 있다는 점에서는 〈만복사저포기〉, 〈이생규장전〉과 동일하지만 정신적인 사랑을 다루었다는 점에서 구별된다. 또한 〈만복사저포기〉가 불교적이고, 〈이생규장전〉이 유교적이라면, 이 작품은 도교적이다. 죽은 여자의 혼령이 산 사람처럼 나타나 주인공과 함께 어울렸다는 점에서는 명혼 소설이라고 할 수도 있고, 이들의 만남이 밤중에 일어났다는 점과 꿈속의 일인 것 같다는 홍생의 독백으로 미루어 볼 때 몽유 소설로 볼 수 있다.

김시습의 사상을 엿보다, 남염부주지

〈남염부주지〉는 《금오신화》에 실린 다섯 작품 중에서 가장 독

창적인 작품으로 평가받는다. 이 작품은 박생과 염라대왕의 문답이라는 신비로운 내용을 그린 한문 단편 소설로, 전기 소설로서 문학적 가치가 크다. 작품에 나타난 염부주(炎浮洲, 염라국)와 염왕은 작가가 자신의 사상이 타당한 것임을 입증해 보이기 위하여 설정한 가상적인 존재이다. 이것을 매개로 하여 그 타당성이 입증된 사상은 크게 세 가지이다.

첫째는 유교가 불교보다 우위에 있다는 것이다. 유교 사상은 주인공의 기본 사상이자 작자의 기본 입장이기도 하다. 이러한 주장과 함께 불교의 미신적 타락상도 날카롭게 비판한다.

둘째는 세계에는 현실 세계만 존재할 뿐 천당, 지옥, 저승 같은 별세계가 존재할 수 없다는 것이다. 따라서 세상의 이치도 하나일 뿐이라는 세계관을 주장한다. 즉 미신적·신비주의적 세계관을 부정하고 현실적·합리주의적 세계관을 보여 준다.

셋째는 폭력과 억압으로 나라를 다스리는 자에 대하여, 백성을 옹호하는 입장에서 경고하는 정치적인 견해를 나타낸다.

이 작품은 이같은 사상의 중요성을 강조하면서, 이런 사상에 투철한 유능한 인물을 받아들이지 않는 세상에 대해 은연중 비판한다. 이 작품의 주인공인 박생은 김시습의 대리인으로 설정된 인물로, 작가가 처한 당대의 이념적 모순과 정치·사회의 모순을 비판하려는 의도를 담고 있다.

현실과 이상 사이의 거리, 용궁부연록

〈용궁부연록〉 주인공이 꿈에서는 자신의 지적인 능력을 발휘하고 융숭한 환대를 받지만, 꿈에서 깬 뒤에는 명예와 이익을 바라지 않고 자취를 감춘다는 내용이다.

이 작품은 구조상으로 몽유 소설이며, 내용상으로 현실과 이상 사이의 거리를 확인하는 비극적인 성격을 띤다. 또 이러한 내용이 작가의 전기적 사실과 밀접한 관련을 맺고 있는 것으로 해석되는데, 자신의 재주를 현실에서 발휘할 능력을 얻지 못했던 한생과 같이 김시습 또한 현실에서 자신의 능력을 발휘하지 못했기 때문에 〈용궁부연록〉을 통해 강한 불만과 문제 의식을 표출한 것으로 보기도 한다.

◆ 작품의 감상과 수용

이야기에서 해결 방식을 찾아내다

《금오신화》에 수록된 5편의 단편 소설은 몇 가지 공통점을 지니고 있는데, 다음과 같다.

첫째, 다섯 이야기는 모두 우리나라를 배경으로 하고 우리나라 사람을 등장인물로 하였다. 〈만복사저포기〉는 고려 말 왜적의 침략을 배경으로 하였고, 〈이생규장전〉은 고려 말 홍건적의 난을 배경으로 삼았다. 〈취유부벽정기〉는 옛 도읍 평양을 무대로 삼아, 풍경 속에 민족사의 흐름이 스며 있다는 사실을 다시 한 번 기억하게 만들었다. 〈남염부주지〉는 조선 초에 유행한 지옥의 관념을 소재로 삼으면서, 현실의 악의 상태를 고발하였다. 〈용궁부연록〉은 개성의 박연 폭포에 연관된 용 전설을 소재로 삼았다.

또한 다섯 이야기는 민간의 전승을 충분히 이용하였다. 〈남염부주지〉에서는 박생이 염라왕으로 취임하는데, 이것은 속세의 인간이 염라왕이 된다고 믿는 민간 신앙을 빌려 온 것이다. 〈용궁부연록〉에 등장하는 조강의 신, 낙하의 신, 벽란의 신은 조선 민중들에게 친근했던 물의 신이다.

둘째, 김시습의 인생관과 철학 사상이 뚜렷이 반영되어 있다. 현실과 이상 사이의 갈등 속에서 평생을 불우하게 보낸 김시습은 당시의 사상이 왕 중심의 지배 체제를 합리화하기 위한 것에 불과하다고 보고, 세상을 객관적이며 합리적으로 보고자 했다.

셋째, 홍건적의 난이나 왜구의 침범 등 당대 우리나라의 역사적 사실을 반영하고 있다.

넷째, 작품 속에 여러 편의 시가 들어 있어 인물의 개성이 뚜렷하게 나타나고, 서정적인 분위기가 묘사되고 있어 완성도가 높다.

다섯째, 작품의 소재가 초현실적이며, 소설의 결말이 모두 특이한 상황으로 처리되었다.

다섯 이야기에 등장하는 주인공은 모두 불완전한 인간이다. 주인공들은 매우 평범한 사람인데, 어느 날 갑자기 신비한 체험을 하게 된다. 그들은 환상적인 공간으로의 여행을 통해 오히려 현실의 무게를 깨닫고 자신의 삶이 어떤 의미를 가지는지 스스로 되돌아보게 된다.

평범한 인간들은 스스로의 현실이 완전하지도, 가치 있지도 않다는 사실에 슬픔을 느끼고, 독자들은 그런 주인공의 슬픔에서 자신의 모습을 발견한다. 하지만 그 슬픔은 극복될 수 없는 것이 아니기 때문에 독자들은 현실에서 도피해서 해결책을 찾으려 애쓰기보다는 현실에서 힘든 상황을 헤쳐 나가려는 의지를 가지게 된다.

◆ 작품에 반영된 현실

믿음으로 쌓은 이야기

1462년에 28세의 김시습이 긴 유랑 생활을 끝내고 정착한 곳은 지금의 경주 지역인 금오산이었다. 그는 승려 신분이었으므로 매일 맑은 물을 올려 예불하고, 예불이 끝나면 곡을 하고, 곡이 끝나면 시를 지었으며, 시가 끝나면 또 곡을 하고는 시를 태웠다. 자신이 뜻을 펼칠 수 있는 정의로운 세상을 염원하였지만, 실제로는 그렇지 않는 현실을 불태워 버리는 고통스러운 행위 속에서 김시습은 세상과의 싸움을 계속해 나갔다.

《금오신화》는 바로 이런 과정 속에서 탄생했다. 비관만 할 수도, 낙관만 할 수도 없는 현실 상황은 '인간 세상에서 볼 수 없는 이야기'를 통해 나타난다.

김시습은 이러한 이야기를 통해 현실 세계에서 실현되지 않거나 실현될 수 없었던 사랑, 정의와 같은 진리가 언젠가는 빛을 볼 수 있으리라는 희망을 보여 준다. 현실이 아무리 절망적일지라도 신념을 지키며 살다 보면 언젠가는 믿고 있던 진리가 현실이 되리라는 것은, 김시습이 세조의 왕위 찬탈 후에도 포기하지 않았던 진실이었다.

만복사저포기 (萬福寺樗蒲記)

전라도 남원에 양생이 살고 있었는데, 일찍이 어버이를 잃은 데다 아직 장가도 들지 못했으므로 만복사의 동쪽에서 혼자 살았다. 방 밖에는 배나무 한 그루가 있었는데, 마치 봄이 되어 꽃이 활짝 피었다. 마치 옥으로 만든 나무에 은 조각이 쌓여 있는 것 같았다.

양생은 달이 뜬 밤마다 나무 아래를 거닐며 낭랑하게 시를 읊었는데, 그 시는 이렇다.

한 그루 배꽃이 외로움을 달래 주지만
휘영청 달 밝은 밤은 홀로 보내기 괴로워라.

젊은 이 몸 홀로 누운 호젓한 창가로
어느 집 고운님이 퉁소를 불어 주네.

외로운 저 물총새는 제 홀로 날아가고
짝 잃은 원앙새는 맑은 물에 노니는데,
바둑알 두드리며 인연을 그리다가
등불로 점치고는 창가에서 시름하네.

시를 다 읊고 나자 갑자기 공중에서 말소리가 들려왔다.

"그대가 참으로 아름다운 짝을 얻고 싶다면 어찌 이뤄지지 않으리라고 걱정하느냐?"

양생은 마음속으로 기뻐하였다.

그 이튿날은 마침 삼월 이십사일이었다. 이 고을에서는 만복사에 등불을 밝히고 복을 비는 풍속이 있었는데, 남녀들이 모여들어 저마다 소원을 빌었다.

날이 저물고 법회도 끝나자 사람들이 드물어졌다. 양생이 소매 속에서 저포(樗蒲, 나무로 만든 놀이 기구)를 꺼내어 부처 앞에다 던지면서 소원을 빌었다.

"제가 오늘 부처님을 모시고 저포 놀이를 하여 볼까 합니다. 만약 제가 지면 법연(法筵)을 차려서 부처님께 갚아 드리겠습니다. 만약 부처님이 지시면 아름다운 여인을 얻어서 제 소원을 이루게 하여 주십시오."

양생이 축원을 마치고 즉시 저포를 던졌다. 그리고 소원대로 이기게 되자 양생은 무척 기뻐하며 다시 부처 앞에 무릎을 꿇고 앉아서 말하였다.

"인연이 이미 정하여졌으니, 소홀히 하지 마옵소서."

그는 불좌 뒤에 숨어서 그 약속이 이루어지기를 기다렸다.

얼마 뒤에 한 아름다운 아가씨가 들어오는데, 나이는 열대 여섯쯤 되어 보였다. 머리를 두 갈래로 땋고 깨끗하게 차려 입었는데, 아름다운 얼굴과 고운 몸가짐이 마치 하늘의 선녀 같았다. 바라볼수록 얌전하였다.

그 여인은 기름병을 가지고 와서 등잔에 기름을 따라 넣은 다음 향을 꽂았다. 세 번 절하고 꿇어앉아 슬피 탄식하였다.

"인생이 박명하다지만, 어찌 이럴 수가 있으랴?"

그러고는 품속에서 축원문을 꺼내어 불탁 위에 바쳤다.

그 글은 이렇다.

'아무 고을 아무 동네에 사는 소녀 아무개가 외람됨을 무릅쓰고 부처님께 아룁니다.

지난번에 변방의 방어가 무너져 왜구가 쳐들어오자, 싸움이

눈앞에 가득 벌어지고 봉화가 여러 해나 계속되었습니다. 왜놈들이 집을 불살라 없애고 생민들을 노략하였으므로, 사람들이 동서로 달아나고 좌우로 도망하였습니다. 우리 친척과 종들도 각기 서로 흩어졌습니다. 저는 버들처럼 가냘픈 소녀의 몸이라 멀리 피난을 가지 못하고, 깊숙한 규방에 들어앉아 끝까지 정절을 지켰습니다. 윤리에 벗어난 행실을 저지르지 않고서 난리의 화를 면하였습니다. 저의 어버이께서도 여자로서 정절을 지킨 것이 그르지 않았다고 하여, 외진 곳으로 옮겨 초야에 붙어 살게 해 주셨습니다. 그런 지가 벌써 삼 년이나 되었습니다.

가을 달밤과 꽃 피는 봄날을 아픈 마음으로 헛되이 보내고, 뜬구름 흐르는 물과 더불어 무료하게 나날을 보냈습니다. 쓸쓸한 골짜기에 외로이 머물면서 제 박명한 평생을 탄식하였고, 아름다운 밤을 혼자 지새우면서 짝 잃은 채란(彩鸞)의 외로운 춤을 슬퍼하였습니다.

그런데 날이 가고 달이 가니 이제는 혼백마저 사라지고 흩어졌습니다. 기나긴 여름날과 겨울밤에는 간담이 찢어지고 창자까지 찢어집니다.

오직 부처님께 비오니, 이 몸을 가엽게 여기시어 각별히 돌보아 주소서. 인간의 생은 태어나기 전부터 정해져 있으며 선악의 응보를 피할 수 없으니, 제가 타고난 운명에도 인연이 있을 것

입니다. 빨리 배필을 얻게 해 주시길 간절히 비옵니다.'

여인이 빌기를 마치고 나서 여러 번 흐느껴 울었다.

양생은 불좌 틈으로 여인의 얼굴을 보고 마음을 걷잡을 수가 없어 갑자기 뛰쳐나가 말하였다.

"조금 전에 글을 올린 것은 무슨 일 때문이신지요?"

그는 여인이 부처님께 올린 글을 보고 얼굴에 기쁨이 흘러넘치며 말하였다.

"아가씨는 어떤 사람이기에 혼자서 여기까지 왔습니까?"

여인이 대답하였다.

"저도 또한 사람입니다. 대체 무슨 의심이라도 나시는지요? 당신께서는 다만 좋은 배필만 얻으면 되실 테니까, 반드시 이름을 묻거나 그렇게 당황하지 마십시오."

이때 만복사는 이미 퇴락하여 스님들은 한쪽 구석진 방에 머물고 있었다.

법당 앞에는 행랑만이 쓸쓸하게 남아 있고, 행랑이 끝난 곳에 아주 좁은 판자방이 있었다.

양생이 여인의 손을 잡고 판자방으로 들어가자, 여인도 어려워하지 않고 들어왔다. 서로 즐거움을 나누었는데, 보통 사람과 한가지였다.

이윽고 밤이 깊어 달이 동산에 떠오르자 창살에 그림자가 비쳤다. 문득 발자국 소리가 들리자 여인이 문을 열고 내다보았다. 수발을 드는 시녀였다. 처녀는 반가워하며 말했다.

"어떻게 여기를 찾아왔느냐?"

시녀가 말하였다.

"네. 평소에는 문밖에도 나가시지 않던 아가씨가 보이지 않아, 여기저기 찾다가 이곳까지 오게 되었습니다."

여인이 말하였다.

"오늘의 일은 결코 우연이 아니다. 하느님이 도우시고 부처님이 돌보셔서, 고운님을 맞이하여 백년해로를 하게 되었다. 어버이께 여쭙지 못하고 시집가는 것은 비록 예법에 어긋나지만, 서로의 인연을 맞이하게 된 것은 평생의 기쁨이다. 너는 집으로 가서 앉을 자리와 술안주를 가지고 오너라."

시녀가 지시를 받고 물러갔다가 얼마 지나지 않아 다시 돌아와 뜰에다 술자리를 마련했다. 시간은 벌써 사경(四更)이나 되었다. 시녀가 차려 놓은 방석과 술상은 무늬가 없이 깨끗하였으며, 술에서 풍기는 향내도 정녕 인간 세상의 솜씨가 아니었다.

양생은 비록 의심나고 괴이하게 여겨졌지만, 여인의 이야기와 웃음소리가 맑고 고우며 얼굴과 몸가짐이 얌전하여 '틀림없이 귀한 집 아가씨가 한때의 마음을 잡지 못하여 담을 넘어 나왔구나.' 하고 생각했다.

여인이 양생에게 술잔을 올리면서 시녀에게 명하여 '노래를 불러 흥을 도우라.' 하고는 양생에게 말하였다.

"이 아이는 옛 곡조밖에 모릅니다. 저를 위하여 새 노래를 하나 지어 흥을 도우면 어떻겠습니까?"

양생이 흔연히 허락하고는 곧 '만강홍' 가락으로 가사를 하나 지어 시녀에게 부르게 하였다.

쌀쌀한 봄추위에 명주 적삼은 아직도 얇아
향로불이 꺼졌는가 하고 몇 차례나 애태웠던가.
저문 산은 눈썹처럼 엉기고 저녁 구름은 일산처럼 퍼졌는데,
비단 장막 원앙 이불에 짝지을 이가 없어서
금비녀 반만 꽂은 채 퉁소를 불어 보네.
아쉬워라, 저 세월은 이다지도 빨리 흘러
마음속 깊은 시름 둘 곳이 전혀 없고
낮은 병풍 속에서 등불은 가물거리는데
나 홀로 눈물진들 그 누가 돌아보랴.
아 가쁘도다, 오늘밤에는
피리를 불어 봄이 왔으니,
겹겹이 쌓인 천고의 한이 스러지네
'금루곡' 가락에 술잔을 기울이며

한스런 옛 시절을 슬퍼하다

외로운 방에서 찌푸리며 잠이 들었지.

노래가 끝나자 여인이 서글프게 말하였다.

"당신을 좀 더 일찍 만나지 못한 게 못내 한스럽지만 그래도 오늘 여기에서 만나게 되었으니 어찌 천행이 아니겠습니까? 낭군께서 저를 멀리 버리지 않으신다면 끝까지 시중을 들겠습니다. 그렇지만 만약 제 소원을 들어주지 않으신다면 저는 영원히 자취를 감추겠습니다."

양생이 이 말을 듣고 한편으로는 놀라고 한편으로는 고맙게 생각하여 대답하였다.

"어찌 당신의 말에 따르지 않겠소?"

그러면서도 여인의 태도가 범상치 않았으므로, 양생은 유심히 행동을 살펴보았다.

이때 달이 서산에 걸리자 먼 마을에서는 닭이 울고 절의 종소리가 들려왔다.

먼동이 트려 하자 여인이 말하였다.

"얘야. 술자리를 거두어 집으로 돌아가거라."

시녀는 대답하자마자 없어졌는데, 간 곳을 알 수 없었다.

여인이 말하였다.

"인연이 이미 정해졌으니, 저는 낭군을 모시고 집으로 돌아가려 합니다."

양생이 여인의 손을 잡고 마을을 지나가는데, 개는 울타리에서 짖고 사람들이 길에 다녔다. 그러나 길 가던 사람들은 그가 여인과 함께 가는 것을 알지 못하고, 다만

"새벽부터 어딜 다녀오시오?"

하고 물을 뿐이었다.

양생이 대답하였다.

"어젯밤 만복사에서 취하여 누웠다가 이제 친구가 사는 마을을 찾아가는 길입니다."

양생은 이렇게 대답하고 여자를 따라 깊은 숲을 헤치며 가는데, 이슬이 흠뻑 내려서 갈 길이 아득하였다. 양생이

"어찌 당시 거처하는 곳은 어찌하여 이렇게 쓸쓸하오?"

하자 여인이 대답하였다.

"혼자 사는 여자의 거처는 대개 이렇답니다."

그러면서 여인이 또 《시경》에 나오는 옛 시 한 수를 외워 농을 걸어왔다.

축축이 젖은 길가 이슬
이른 아침과 늦은 밤엔 어찌 다니지 않나?

길에 이슬이 많기 때문이라네.

양생 또한《시경》에 나오는 옛 시 한 수를 읊었다.

여우가 어슬렁어슬렁

저 기수 다릿목에 어정거리네,

노나라 오가는 길 평탄하여

제나라 아가씨 한가로이 노니네.

둘이 읊고 한바탕 웃은 다음에 함께 개령동으로 갔다. 한 곳
에 이르자 다북쑥이 들을 덮고 가시나무가 하늘에 치솟은 가운
데 한 집이 있었는데, 작으면서도 아주 아름다웠다.

그는 여인이 이끄는 대로 따라 들어갔다. 방 안에는 이부자리
와 휘장이 잘 정돈되어 있었다. 밥상을 올리는 것도 어젯밤 만
복사에 차려 온 것과 같았다.

양생은 그곳에 사흘을 머물렀는데, 즐거움이 평상시와 똑같
았다.

시녀는 아름다우면서도 교활하지 않았고, 그릇은 깨끗하면
서도 품위가 있었다. 인간 세상의 것이 아니라고 생각되었다.
그러나 여인의 은근한 정에 마음이 끌려, 다시는 그런 생각을
하지 않았다.

얼마 뒤에 여인이 양생에게 말하였다.

"이곳의 사흘은 인간 세상의 삼 년과 같습니다. 낭군은 이제 집으로 돌아가셔서 생업을 돌보십시오."

드디어 이별의 잔치를 베풀며 헤어지게 되자, 양생이 서글프게 말하였다.

"이별이라니, 갑작스레 웬 말이오?"

여인이 말하였다.

"다시 만나 평생의 소원을 풀게 될 것입니다. 오늘 이 누추한 곳에 오시게 된 것도 반드시 묵은 인연이 있었기 때문입니다. 이웃 친척들을 만나 보시는 게 어떻습니까?"

양생이 '좋다.'고 하자 곧 시녀에게 시켜, 사방의 이웃에게 알려 모이게 하였다.

첫째는 정 씨이고, 둘째는 오 씨이며, 셋째는 김 씨이고, 넷째는 류 씨인데, 모두 문벌이 높은 귀족의 따님이었다. 이 여인과 한마을에 사는 친척 처녀들이었다. 성품이 온화하며 풍운이 보통 아니었고, 총명하고 글도 또한 많이 알아 시를 잘 지었다. 네 처녀는 모두 칠언절구 네 수씩을 지어 양생을 전송하였다. 정 씨는 태도와 풍류가 갖추어진 여인인데, 구름같이 쪽진 머리가 귀밑을 살짝 가리고 있었다. 정 씨가 탄식하며 시를 읊었다.

봄이라 꽃피는 밤 달빛마저 고운데
내 시름 그지없이 나이조차 모르겠네.
한스러워라, 이 몸이 비익조(比翼鳥)나 된다면
푸른 하늘에서 쌍쌍이 춤추고 놀련만.

칠등(漆燈)엔 불빛도 없으니 밤이 얼마나 깊었는지
북두칠성 가로 비끼고 달도 반쯤 기울었네.
서글퍼라, 무덤 속을 그 누가 찾아오랴
푸른 적삼은 구겨지고 쪽진 머리도 헝클어졌네.

매화 지니 정다운 약속도 속절없이 되어 버렸네.
봄바람 건듯 부니 모든 일이 지나갔네.
베갯머리 눈물 자국 몇 군데나 젖었던가.
산비도 무심하구나 배꽃이 뜰에 가득 떨어졌네.

꽃다운 청춘을 하염없이 지내려니
적막한 이 빈 산에서 잠 못 이룬 지 몇 밤이던가.
남교에 지나는 나그네를 님인 줄 몰랐으니
언제나 좋은 기약 고운님을 만나 볼까.

오 씨는 두 갈래로 땋은 머리에 가냘픈 몸매로 속에서 일어나
는 정회를 걷잡지 못하며, 뒤를 이어 읊었다.

만복사에 향 올리고 돌아오던 길이던가
가만히 저포를 던지니 그 소원을 누가 맺어 주었나.
꽃 피는 봄날 가을 달밤에 그지없는 이 원한을
임이 주신 한 잔 술로 저근덧(잠시) 녹여 보세.

복사꽃 붉은 뺨에 새벽이슬이 젖건마는
깊은 골짜기라 한 봄 되어도 나비조차 아니 오네.
기뻐라, 이웃집에서 백년가약을 맺었다고
새 곡조를 다시 부르며 황금 술잔이 오가네.

해마다 오는 제비는 봄바람에 춤을 추건만
내 마음 애가 끊어져 모든 일이 헛되어라.
부럽구나, 저 연꽃은 꼭지나마 나란히 하여
밤 깊어지면 한 연못에서 함께 목욕하는구나.

푸른 산속에 다락이 하나 높이 솟아
연리지(連理枝)에 열린 꽃은 해마다 붉건마는

한스러워라, 우리 인생은 저 나무보다도 못하여
한 많은 이 청춘 눈물만 고였구나.

김 씨가 얼굴빛을 가다듬고 얌전한 태도로 붓을 잡더니, 앞에
읊은 시들이 너무 음탕하다고 꾸짖으면서 말하였다.
"오늘 모임에서는 말을 많이 할 필요가 없고, 이 자리의 광경
만 읊으면 됩니다. 어찌 자기들의 속마음을 베풀어 우리의 절조
를 잃게 하고, 저 손님으로 하여금 우리들의 마음을 인간 세상
에 전하도록 하겠습니까?"
그러고는 낭랑하게 시를 읊었다.

밤 깊어 오경(五更)이 되니 소쩍새가 슬피 울고
희미한 은하수는 동쪽으로 기울었네.
애끊는 옥통소를 다시는 불지 마오
한가한 이 풍정을 속인이 알까 걱정스럽네.

오정주(烏程酒)를 가득히 금 술잔에 부으리다
취하도록 잡으시고 술이 많다 사양 마오.
날이 밝아 저 동풍이 사납게 불어오면
한 토막 봄날의 꿈을 내 어이하려나.

초록빛 소맷자락 부드럽게 드리우고
풍류 소리 들으면서 백 잔 술을 드소서.
맑은 흥취 다하기 전엔 돌아가지 못하시리니
다시금 새로운 말로 새 노래를 지으소서.

구름같이 고운 머리가 티끌 된 지 몇 해던가
오늘에야 님을 만나 얼굴 한 번 펴 보았네.
고당(高塘)의 신기한 꿈을 자랑하지 마소서.
풍류스런 그 이야기가 인간에 전해질까 두려워라.

　류 씨는 엷게 화장하고 흰옷을 입어 아주 화려하지는 않았지
만 법도가 있어 보였다.
　말없이 가만있다가 자기 차례가 되자 빙그레 웃으면서 시를
지어 읊었다.

금석같이 굳세게 정절을 지켜온 지 몇 해던가.
향그런 넋과 옥 같은 얼굴이 구천에 깊이 묻혔네.
그윽한 봄밤이면 달나라 항아(姮娥)와 벗을 삼아
계수나무 꽃그늘에 외로운 잠을 즐겼다오.

우습구나, 복사와 오얏꽃은 봄바람에 못 이겨서
이리저리 나부끼다 남의 집에 떨어지네.
한평생 내 절개에 쇠파리가 없을지니
곤산옥(崑山玉) 같은 내 마음에 티가 될까 두려워라.

연지도 분도 싫은 데다 머리는 다북 같고
경대에는 먼지 쌓이고 거울에는 녹이 슬었네.
오늘 아침엔 다행히도 이웃 잔치에 끼였으니
머리에 꽂은 붉은 꽃이 보기만 해도 부끄러워라.

아가씨는 이제야 백면 낭군을 만났으니
하늘이 정하신 인연 한평생 꽃다워라.
월로가 이미 거문고와 비파 줄을 전했으니
이제부터 두 분이 양홍 맹광처럼 지내소서.

여인은 류 씨가 읊은 시의 마지막 장을 듣고 감사하여, 앞으
로 나와서 말하였다.

"저도 또한 자획은 대강 분별할 정도이니, 어찌 홀로 시를 짓
지 않겠습니까?"

그러고는 칠언율시 한 편을 지어 읊었다.

개령동 골짜기에 봄 시름을 안고서
꽃 지고 필 때마다 온갖 근심을 느꼈네.
초협(楚峽) 구름 속에서 고운님을 여의고는
상강 대숲에서 눈물을 뿌렸었네.

따뜻한 날 맑은 강에 원앙은 짝을 찾고
푸른 하늘에 구름이 걷히자 비취새가 노니누나.
님이여, 맺으심이 어떠하오? 굳고 굳은 동심결(同心結)
바라건대, 비단 부채처럼 맑은 가을을 원망하지 말게 하오.

양생도 또한 문장에 능한 사람이어서, 그들의 시법이 맑고도
운치가 높으며 음운이 맑게 울리는 것을 보고 칭찬하여 마지않
았다. 그도 곧 즉석에서 고풍(古風)한 단편 한 장을 지어 화답하
였다.

이 밤이 어인 밤이기에 이처럼 고운 선녀를 만났던가.
꽃 같은 얼굴은 어이 그리 고운지 붉은 입술은 앵두 같아라.
게다가 시마저 더욱 교묘하니 이안(易安)도 마땅히 입을 다물
리라.
직녀 아씨가 북 던지고 인간 세계로 내려왔는가.

월궁 항아가 약방아 버리고 달나라를 떠났는가.

대모(玳瑁)로 꾸민 단장이 자리를 빛내 주니 오가는 술잔 속에 잔치가 즐거워라.

운우의 즐거움이 익숙하진 못할망정 술 따르고 노래 부르며 서로들 즐겨하네.

봉래섬을 잘못 찾아든 게 도리어 기뻐라.

신선 세계가 여기던가, 풍류도를 만났구나.

옥잔의 맑은 술은 향그런 술통에 가득 차 있고

서뇌(瑞腦)의 고운 향내가 금사자 향로에 서려 있네.

백옥상 놓은 앞에 매운 향내 흩날리고 푸른 비단 장막에는 실바람이 살랑이는데,

님을 만나 술잔을 합하며 잔치를 베풀게 되니 하늘에 오색 구름 더욱 찬란하여라.

그대는 알지 못하는가.

문소(文蕭)와 채란(彩鸞)이 만난 이야기와

장석(張碩)이 난향(蘭香) 만난 이야기를

인생이 서로 만나는 것도 반드시 인연이니

모름지기 잔을 들어 실컷 취해 보세나.

님이시여, 어찌 가벼이 말씀하시오?

가을바람에 부채 버린다는 서운한 말씀을

이승에서도 저승에서도 배필이 되어

꽃 피고 달 밝은 아래에서 끊임없이 노닐려오.

술이 다하여 헤어지게 되자, 여인이 은그릇 하나를 내어 양생
에게 주면서 말하였다.

"내일 저희 부모님께서 저를 위하여 보련사에서 음식을 베풀
것입니다. 당신이 저를 버리지 않으시겠다면, 보련사로 가는 길
에서 기다리고 있다가 저와 함께 절로 가서 부모님을 뵙는 것이
어떻겠습니까?"

양생이 대답하였다.

"그러겠소."

이튿날 양생은 여인의 말대로 은그릇 하나를 들고 보련사로
가는 길가에서 기다리고 있었는데, 정말 어떤 귀족의 집안에서
딸자식의 대상을 치르려고 수레와 말을 길에 늘어세우고서 보
련사로 올라가는 것이었다. 그러다가 길가에서 한 서생이 은그
릇을 들고 서 있는 것을 보고는, 하인이 주인에게 말하였다.

"아가씨 장례 때에 무덤 속에 묻은 그릇을 벌써 어떤 사람이
훔쳐 가졌습니다."

주인이 말하였다.

"그게 무슨 말이냐?"

하인이 말하였다.

"저 서생이 가지고 있는 은그릇을 보고 한 말씀입니다."

주인이 마침내 탔던 말을 멈추고 양생에게 그릇을 얻게 된 사연을 물었다. 양생이 전날 약속한 그대로 대답하였더니, 여인의 부모가 놀라며 의아스럽게 여기다가 한참 뒤에 말하였다.

"내 슬하에 오직 딸자식 하나가 있었는데, 왜구의 난리를 만나 싸움판에서 죽었다네. 미처 장례도 치르지 못하고 개령사 곁에 임시로 묻어 두고는 이래저래 미루어 오다가 오늘까지 이르게 되었다네. 오늘이 벌써 대상 날이라, 어버이 된 심경에 재나 올려 명복을 빌어 줄까 한다네. 자네가 정말 그 약속대로 하려거든, 내 딸자식을 기다리고 있다가 같이 오게나. 놀라지는 말게나."

그 귀족은 말을 마치고 먼저 개령사로 떠났다.

양생은 우두커니 서서 여인이 오기를 기다렸다. 약속하였던 시간이 되자 과연 한 여인이 계집종을 데리고 허리를 간들거리며 오는데, 바로 그 여인이었다. 그들은 서로 기뻐하면서 손을 잡고 절로 향하였다.

여인은 절 문에 들어서자 먼저 부처에게 예를 드리고 곧 흰 휘장 안으로 들어갔다. 그의 친척과 절의 스님들은 모두 그 말을 믿지 못하고, 오직 양생만이 혼자서 보았다. 그 여인이 양생에게 말하였다.

"함께 저녁이나 드시지요."

양생이 그 말을 여인의 부모에게 알리자, 여인의 부모가 시험해 보려고 같이 밥을 먹게 하였다. 그랬더니 그 여인의 얼굴은 보이지 않으면서 오직 수저 놀리는 소리만 들렸는데, 인간이 식사하는 것과 한가지였다.

그제야 여인의 부모가 놀라 탄식하면서, 양생에게 권하여 휘장 옆에서 같이 잠자게 하였다. 한밤중에 말소리가 낭랑하게 들렸는데, 사람들이 가만히 엿들으려 하면 갑자기 말이 끊어졌다.

여인이 양생에게 말하였다.

"제가 법도를 어겼다는 것은 저도 잘 알고 있습니다. 저도 어렸을 때에 《시경》과 《서경》을 읽었으므로, 예의를 조금이나마 알고 있습니다. 《시경》에서 말한 '건상(褰裳)'이 얼마나 부끄럽고 '상서(相鼠)'가 얼마나 얼굴 붉힐 만한 시인지 모르는 것도 아닙니다. 그렇지만 하도 오래 다북쑥 우거진 속에 묻혀서 들판에 버림받았다가 사랑하는 마음이 한 번 일어나고 보니, 끝내 걷잡을 수가 없게 되었던 것입니다.

지난번 절에 가서 복을 빌고 부처님 앞에서 향불을 사르며 박명했던 한평생을 혼자서 탄식하다가 뜻밖에도 삼세(三世)의 인연을 만나게 되었으므로, 소박한 아내가 되어 백 년의 높은 절개를 바치려고 하였습니다. 술을 빚고 옷을 기워 평생 지어미의 길을 닦으려 했습니다만, 애닯게도 업보(業報)를 피할 수가 없어서 저승길을 떠나야 하게 되었습니다. 즐거움을 미처 다하지도 못하였는데, 슬픈 이별이 닥쳐왔습니다.

이제는 제가 떠날 시간이 되었습니다. 운우(雲雨)는 양대(陽臺)에 개고 오작(烏鵲)은 은하에 흩어질 것입니다. 이제 한 번 헤어지면 뒷날을 기약하기가 어렵습니다. 헤어지려고 하니 아득하기만 해서 무어라 말해야 할지 모르겠습니다."

사람들이 여인의 영혼을 전송하자 울음소리가 그치지 않았다. 혼이 문밖에까지 나가자 소리만 은은하게 들려왔다.

저승길도 기한 있으니 슬프지만 이별이라오.
우리 님께 비오니 저버리진 마옵소서.
애닯아라, 우리 부모 나의 배필을 못 지었네.
아득한 구원(九原)에서 마음에 한이 맺히겠네.

남은 소리가 차츰 가늘어지더니 목메어 우는 소리와 분별할 수 없게 되었다.

여인의 부모는 그제야 그동안 있었던 일이 사실인 것을 알게 되어 더 이상 의심하지 않았다. 양생도 또한 그 여인이 귀신인

것을 알고는 더욱 슬픔을 느끼게 되어, 여인의 부모와 함께 머리를 맞대고 울었다.

여인의 부모가 양생에게 말하였다.

"은그릇은 자네가 쓰고 싶은 대로 맡기겠네. 또 내 딸자식 몫으로 밭 몇 마지기와 노비 몇 사람이 있으니, 자네는 이것을 신표로 하여 내 딸자식을 잊지 말게나."

이튿날 양생이 고기와 술을 마련하여 개령동 옛 자취를 찾아갔더니, 과연 시체를 임시로 묻어 둔 곳이 있었다. 양생은 제물을 차려 놓고 슬피 울면서 그 앞에서 지전(紙錢)을 불사르고 정식으로 장례를 치러 준 뒤에, 제물을 지어 위로하였다.

아아, 님이시여.

당신은 어릴 때부터 천품이 온순하였고, 자라면서 얼굴이 말끔하였소.

자태는 서시(西施) 같았고, 문장은 숙진(淑眞)보다도 나았소. 규문(閨門) 밖에는 나가지 않으면서 가정 교육을 받아 왔었소.

난리를 겪으면서 정조를 지켰지만, 왜구를 만나 목숨을 잃었구려.

다북쑥 속에 몸을 내맡기고 홀로 지내면서, 꽃 피고 달 밝은 밤에는 마음이 아팠겠구려.

봄바람에 애가 끊어지면 두견새의 피울음 소리가 슬프고, 가을 서리에 쓸개가 찢어지면 버림받는 비단부채를 보며 탄식했겠구려.

지난번에 하룻밤 당신을 만나 기쁨을 얻었으니, 비록 저승과 이승이 서로 다르다는 것은 알면서도 물 만난 고기처럼 즐거움을 다하였소.

장차 백 년을 함께 지내려 하였으니, 하루 저녁에 슬피 헤어질 줄이야 어찌 알았겠소?

임이여. 그대는 달나라에서 난새를 타는 선녀가 되고, 무산에 비 내리는 아가씨가 되리다.

땅이 어두워서 돌아오기도 어렵고, 하늘이 막막해서 바라보기도 어렵구려.

나는 집에 들어가도 어이없어 말도 못하고, 밖에 나간대도 아득해서 갈 곳이 없다오.

영혼을 모신 휘장을 볼 때마다 흐느껴 울고, 술을 따를 때에는 마음이 더욱 슬퍼진다오.

아리따운 그 모습이 눈에 보이는 듯, 낭랑한 그 목소리가 귀에 들리는 듯하오.

아아. 슬프구려. 그대의 성품은 총명하였고, 그대의 기상은 말쑥하였소.

몸은 비록 흩어졌다지만 혼령이야 어찌 없어지겠소?

응당 강림하여 뜰에 오르시고, 옆에 와서 슬픔을 돌보소서.

비록 사생(死生)이 다르다지만 당신이 이 글에 느낌이 있으리라 믿소.

장례를 치른 뒤에도 양생은 슬픔을 이기지 못하였다. 밭과 집을 모두 팔아 사흘 저녁이나 잇따라 재를 올렸더니, 여인이 공중에서 양생에게 말하였다.

"저는 당신의 은혜를 입어 이미 다른 나라에서 남자의 몸으로 태어나게 되었습니다. 비록 저승과 이승이 멀리 떨어져 있지만, 당신의 은혜에 깊이 감사드립니다. 당신도 이제 다시 정업을 닦아 저와 함께 윤회를 벗어나십시오."

양생은 그 뒤에 다시 장가들지 않았다. 지리산에 들어가 약초를 캐었는데, 언제 죽었는지는 알지 못한다.

이생규장전 (李生窺墻傳)

송도(松都, 개성) 낙타교 옆에 이생이 살고 있었는데, 나이는 열여덟이었다. 풍운이 맑고 재주가 뛰어나 일찍부터 국학(國學)에 다녔는데, 길을 가면서도 시를 읽었다.

선죽리 귀족 집에서는 최 씨 처녀가 살고 있었는데, 나이는 열대여섯쯤 되었다. 태도가 아리땁고 수를 잘 놓았으며, 시와 문장도 잘 지었다.

세상 사람들이 그들을 이렇게 칭찬하였다.

풍류로워라 이 총각
아리따워라 최 처녀

그 재주와 그 얼굴을

누군들 찬탄치 않으랴.

이생은 일찍부터 책을 옆에 끼고 학교에 다닐 때에 언제나 최씨네 집 북쪽 담 밖으로 지나다녔다. 수양버들 수십 그루가 간들거리며 그 담을 둘러싸고 있었다.

어느 날 이생이 그 나무 아래에서 쉬다가 담 안을 엿보았더니, 이름난 꽃들이 활짝 피고 벌과 새들이 다투어 재잘거리고 있었다. 그 곁에는 작은 누각이 있었는데, 꽃떨기 사이로 은은히 보였다. 구슬발이 반쯤 가려 있고 비단 휘장이 낮게 드리워져 있었는데, 한 아리따운 아가씨가 수를 놓다가 지쳐 잠시 바늘을 멈추며 턱을 괴고 시를 읊었다.

사창(紗窓)에 홀로 기대앉아 수놓기도 귀찮구나.

온갖 꽃떨기 속에 꾀꼬리 소리 다정도 해라.

마음속으로 부질없이 봄바람을 원망하며

말없이 바늘 멈추고는 생각에 잠겼어라.

저기 가는 저 총각은 어느 집 도련님일까.

푸른 옷깃 넓은 띠가 늘어진 버들 사이로 비쳐 오네.

이 몸이 죽어 가서 대청 위의 제비 되면
주렴 위를 가볍게 스쳐 담장 위를 날아 넘으리.

이생은 그 여인이 읊은 시를 듣고 마음이 근질근질하여 참을
수가 없었다. 그러나 그 집의 담이 높고도 가파르며 안채가 깊
숙한 곳에 있었으므로 어쩔 수가 없었다.

서운한 마음으로 돌아선 그는 며칠이 지나 학교에서 돌아오
는 길에 흰 종이 한 장에다 시 세 수를 써서 기와 쪽에 매달아 담
안으로 던져 넣었다.

무산 열두 봉우리 첩첩이 쌓인 안개 속에
반쯤 드러난 봉우리가 붉고도 푸르구나.
양왕의 외로운 꿈을 수고롭게 하지 마오.
구름 되고 비가 되어 양대에서 만나 보세.

사마상여(司馬相如)가 되어 탁문군(卓文君)을 꾀어내려니
마음속에 품었던 생각은 이미 다 이루어졌네.
붉은 담머리의 복사꽃과 오얏꽃은
바람에 날려서 어디로 떨어지나.

좋은 인연 되려는지 나쁜 인연 되려는지
부질없는 이내 시름 하루가 일 년 같아라.
스물여덟 자로 황혼의 기약을 맺었으니
님을 만나 노닐고 싶구나.

최랑이 몸종 향아(香兒)를 시켜서 그 편지를 주워다 보니, 바로 이생이 지은 시였다.

최랑이 그 시를 펼쳐서 두세 번 읽고는 마음속으로 혼자 기뻐하였다. 종이쪽지에 여덟 자를 써서 담 밖으로 던져 주었다.

님이여, 의심 마세요.
황혼에 만나기로 하세요.

이생이 그 말대로 황혼이 되자 최랑의 집을 찾아갔다. 갑자기 복사꽃 한 가지가 담 위로 넘어오면서 하늘거리는 그림자가 나타났다.

이생이 가까이 가서 살펴보니 그넷줄에 대바구니를 매어서 아래로 늘어뜨려 놓았다. 이생을 그 줄을 잡고 담을 넘었다.

마침 달이 동산에 떠오르고 꽃 그림자가 땅에 비껴 맑은 향내가 사랑스러웠다. 이생은 자기가 신선 세계에 들어왔다고 생각하여 마음은 비록 기뻤지만, 자기의 마음이나 지금 하려는 일이 비밀스러워서 머리칼이 모두 곤두섰다.

이생이 좌우를 둘러보았더니, 최랑은 꽃떨기 속에서 향아와 같이 꽃을 꺾어 머리에 꽂고는 외진 곳에 자리를 펴고 앉아 있었다. 최랑이 이생을 보고 방긋 웃으면서 시 두 구절을 먼저 읊었다.

복사와 오얏 가지 속에 꽃송이 탐스럽고
원앙새 베개 위엔 달빛도 고와라.

이생이 뒤를 이어 시를 읊었다.

다음 날 어쩌다가 봄소식이 새나간다면
무정한 비바람에 더욱 가련해지리라.

최랑이 얼굴빛이 변하면서 말하였다.

"저는 본디 당신과 함께 부부가 되어 끝까지 남편으로 모시고 영원히 즐거움을 누리려고 하였어요. 그런데 당신은 어찌 이렇게 말씀하십니까? 저는 비록 여자의 몸이지만 마음이 태연한데, 장부의 의기를 가지고도 이런 말씀을 하십니까? 다음날 규

중의 일이 누설되어 친정에서 꾸지람을 듣게 되더라도, 제가 혼자 책임을 지겠습니다."

"향아야, 방 안에서 술과 안주를 가져오너라."

향아가 시키는 대로 가 버리자, 사방이 고요하여 아무런 인기척도 없었다. 이생이 최랑에게 물었다.

"이곳은 어디입니까?"

최랑이 말하였다.

"이곳은 뒷동산에 있는 작은 누각 아래이지요. 저희 부모님께서는 제가 외동딸이기 때문에 여간 사랑하지 않으십니다. 그래서 연못가에다 이 누각을 따로 지어 주셨지요. 봄이 되어 이름난 꽃들이 활짝 피면 몸종 향아와 함께 즐겁게 놀라고 하신 거지요. 부모님이 계신 곳은 여기서 멀기 때문에 아무리 웃으며 크게 이야기해도 쉽게 들리지는 않는답니다."

최랑이 술 한 잔을 따라 이생에게 권하면서 고풍(古風)으로 시 한 편을 읊었다.

부용못 푸른 물을 난간에서 굽어보다
꽃떨기 속에서 님들이 속삭이네.
향그런 안개 깔린 속에 봄빛이 화창해서
새 가사를 지어내어 '백저사(白紵詞)'를 부르는구나.

꽃그늘에 달빛이 비껴 털방석에 스며들고
긴 가지 함께 잡으니 붉은 꽃비가 떨어지네.
바람이 향내를 끌어와 옷 속에 스며들자
첫봄을 맞은 아가씨가 햇살 속에 춤추네.
비단 적삼 가볍게 해당화를 스쳤다가
꽃 사이에 졸고 있던 앵무새만 깨웠네.

이생도 바로 시를 지어 화답하였다.

도원에 잘못 들어와 복사꽃이 만발한데
많고 많은 이 내 정회(情懷)를 다 말할 수가 없네.
구름같이 쪽 찐 머리에 금비녀 낮게 꽂고
산뜻한 봄 적삼을 모시 베로 지었구나.
나란히 달린 꽃가지를 봄바람에 꺾다니
하고많은 꽃가지에 비바람아 부지 마소.
선녀의 소맷자락 나부껴 그림자도 하늘거리고
계수나무 그늘 속에선 시름이 따를 테니
함부로 새 곡조 지어 앵무새에게 가르치지 마오.

술자리가 끝나자 최랑이 이생에게 말하였다.

"오늘의 일은 반드시 작은 인연이 아니랍니다. 당신은 저를 따라오셔서 정을 나누는 것이 어떻겠습니까?"

말을 마치고 최랑이 북쪽 창문으로 들어가자 이생도 그 뒤를 따라갔다.

누각에 달린 사다리가 있었는데, 그 사다리를 타고 올라갔더니 과연 다락이 나타났다. 문방구와 책상들이 아주 말끔했으며, 한쪽 벽에는 〈연강첩장도(烟江疊嶂圖)〉와 〈유황고목도(幽篁古木圖)〉가 걸려 있었는데, 모두 이름난 그림이었다. 그 그림 위에는 시가 씌어 있었는데, 누가 지은 시인지는 알 수 없었다.

첫째 그림에 쓰인 시는 이러하였다.

어떤 사람의 붓끝에 힘이 넘쳐
이 강 속에다 겹겹이 쌓인 산을 그렸던가?
웅장해라. 삼만 길의 저 방호산은
아득한 구름 사이로 반쯤만 드러났네.
저 멀리 산세는 몇 백 리까지 뻗어 있는데
푸른 소라처럼 쪽 진 머리가 가까이 보이네.
끝없이 푸른 물결 공중에 닿았는데
저녁노을 바라보니 고향이 그리워라.
이 그림 구경하며 사람 마음이 쓸쓸해져

상강 비바람에 배 띄운 듯하여라.

둘째 그림에 쓰인 시는 이러하였다.

쓸쓸한 대숲에선 가을 소리가 들리는 듯
비스듬히 누운 고목은 옛정을 품은 듯해라.
구부러진 늙은 뿌리엔 이끼가 가득 끼었고
굵고 곧은 가지는 바람과 천둥을 이겨 왔네.
가슴속에 간직한 조화가 끝이 없으니
미묘한 이 경지를 누구에게 말할 텐가.
위언(韋偃)과 여가(與可)도 이미 귀신이 되었으니
천기를 누설할 자가 그 몇이나 되려나.
갠 창가 그윽한 곳에서 말없이 바라보니
삼매경에 든 필법이 못내 사랑스러워라.

한쪽 벽에는 사철의 경치를 읊은 시를 각각 네 수씩 붙였는
데, 역시 누가 지었는지는 알 수 없었다. 그 글씨는 송설체를 본
받아 자체가 아주 곱고도 단정하였다.
그 첫째 폭에 쓰인 시는 이러하였다.

연꽃 그린 휘장은 따뜻하고 향내는 실 같은데
창밖에 붉은 살구꽃이 비 내리듯 하는구나.
다락 머리에서 새벽 종소리에 남은 꿈을 깨고 보니
개나리 무성한 둑에 때까치가 우짖네.

제비 새끼 커 가는데 안방 깊숙이 들어앉아
귀찮은 듯 말도 없이 금바늘을 멈추었네.
꽃 아래로 쌍쌍이 나비들 짝 지어 날며
그늘진 동산으로 지는 꽃을 따라가네.

꽃샘추위가 초록 치마를 스쳐 가면
무정한 봄바람에 이 내 간장 끊어지네.
말없는 이 심정을 그 누가 안다더냐.
온갖 꽃 만발한 속에 원앙새가 춤추는구나.

깊어 가는 봄빛을 뉘 집 동산에 간직했나?
붉은 꽃잎 푸른 나뭇잎 사창에 비치었네
뜨락의 꽃과 풀들은 봄시름에 겨웠는데
주렴을 가볍게 걷고 지는 꽃을 바라보네.

그 둘째 폭에 쓰인 시는 이러하였다.

밀 이삭 처음 베고 제비 새끼 날아드는데
남쪽 뜰엔 석류꽃이 두루 피었구나.
푸른 창가에 앉아 길쌈하는 아가씨는
붉은 비단을 마름질하여 새 치마를 지으려네.

매실이 익는 철에 부슬부슬 비가 내리는데
홰나무 그늘에 꾀꼬리 울고 제비는 주렴으로 날아드네.
또한 해 봄 풍경이 시들어 가니
고련꽃 떨어지고 죽순이 삐죽 솟았네.

푸른 살구 손에 쥐고 꾀꼬리에게 던져 보네.
남쪽 난간에 바람 일고 해그림자 더디어라.
연잎에 향내 가시고 못에는 물이 가득한데
푸른 물결 깊은 곳에서 원앙새가 목욕하네.

등 평상 대자리에 무늬가 물결 지고
상강 그린 병풍에는 구름이 한 자락 있네.
낮꿈을 깨고도 나른해 누웠더니

반창에 비낀 햇살이 뉘엿뉘엿 넘어가네.

그 셋째 폭에 쓰인 시는 이러하였다.

가을바람이 쌀쌀해서 찬 이슬이 맺히고
달빛도 고와서 물빛 더욱 푸르구나.
한소리 또 한소리 기러기 울며 돌아가는데
우물에 오동잎 지는 소리를 다시금 듣고파라.

상 밑에서는 온갖 벌레가 처량하게 울고
상 위에서는 아가씨가 구슬 눈물을 떨어뜨리네.
만리 밖 싸움터에 몸을 바친 님에게도
오늘 밤 옥문관(玉門關)에 달빛이 환하겠지.

새 옷을 마르려니 가위가 차가워라.
나직이 아이 불러 다리미를 가져오라네.
다리미에 불 꺼진 걸 살피지 못하다가
머리를 긁으며 피리대로 가만히 헤치네.

작은 연못에 연꽃도 지고 파초 잎도 누래지자

원앙 그린 기와 위에 첫서리가 내렸네.
묵은 시름 새 원한을 막을 길이 없는데
귀뚜라미 울음까지 골방에 들리네.

그 넷째 폭에 쓰인 시는 이러하였다.

한 가지 매화 그림자가 창 앞으로 뻗었는데
바람 센 서쪽 행랑에 달빛 더욱 밝아라.
화롯불 꺼졌는지 부저로 헤쳐 보고는
아이를 불러다 차 솥을 바꾸라네.

밤서리에 놀란 잎이 자주 흔들리고
돌개바람이 눈을 몰아 긴 마루로 들어오네.
님 그리워 밤새도록 꿈속에 뒤척이니
빙하가 어디런가, 그 옛날 전쟁터일세.

창에 가득한 붉은 해는 봄날처럼 따뜻한데
시름에 잠긴 눈썹에 졸음까지 더하네.
병에 꽂힌 작은 매화는 필 듯 말 듯 하는데
수줍어 말도 못하고 원앙새만 수놓는구나.

쌀쌀한 서리 바람이 북쪽 숲을 스치는데
처량한 까마귀가 달을 보며 우는구나.
등불 앞에 님 생각 눈물 되어 흐르니
실에도 떨어지고 바늘에도 떨어지네.

한쪽에 작은 방 하나가 따로 있었는데, 휘장, 요, 이불, 베개
들이 또한 아주 깨끗하였다. 휘장 밖에는 사향을 태우고 난향의
촛불을 켜 놓았는데, 환하게 밝아서 마치 대낮 같았다.

이생은 최랑과 더불어 마음껏 즐거움을 누리면서 여러 날 머
물렀다.

어느 날 이생이 최랑에게 말하였다.

"옛 성인의 말씀에, '어버이가 계시면 나가 놀더라도 반드시
일정한 곳에 있어야 한다.'고 하였는데, 이제 내가 부모님을 떠
난 지가 사흘이나 되었소. 부모님께서 반드시 대문에 기대어 기
다리실 테니, 이 어찌 아들의 도리라고 하겠소?"

최랑은 서운하게 여기면서도 고개를 끄덕이고는, 담을 넘어
보내 주었다. 이생은 이 뒤부터 저녁마다 최랑을 찾아가지 않는
날이 없었다. 어느 날 저녁에 이생의 아버지가 이생을 꾸짖으며
말하였다.

"네가 아침에 나갔다가 저녁에 돌아오는 것은 옛 성인의 어

질고 의로운 가르침을 배우기 위해서이다. 그런데 요즘은 저녁에 나갔다가 새벽에 돌아오니, 이게 어찌 된 일이냐? 반드시 경박한 놈들의 행실을 배워 남의 집 담을 넘어서 아가씨나 엿보고 다닐게다.

이런 일이 만일 탄로되면 남들은 모두 내가 자식을 엄하게 가르치지 못했다고 책망할 것이다. 또 그 처녀도 지체 높은 집안의 딸이라면 반드시 네 미친 짓 때문에 그 집안을 더럽히게 될 것이다. 남의 집에 죄를 지었으니, 이 일이 작지 않다. 너는 빨리 영남으로 내려가서 종들을 데리고 농사나 감독하거라. 다시는 돌아오지 말아라."

그 이튿날 이생의 아버지가 이생을 울주로 내려 보냈다.

최랑은 저녁마다 화원에서 이생을 기다렸지만, 여러 달이 되어도 돌아오지 않았다. 최랑은 이생이 병에 걸렸다고 생각하여, 향아를 시켜 이생의 이웃들에게 몰래 물어보게 하였다. 이웃들이 이렇게 대답하였다.

"이 도령은 그 아버지에게 죄를 지어 영남으로 떠난 지가 벌써 여러 달이나 되었다오."

최랑은 이 소식을 듣고 병을 얻어 침상에 누웠다. 엎치락뒤치락하며 일어나지 못하고, 음식도 먹지 못하였다. 말도 앞뒤가 맞지 않았으며, 얼굴이 초췌해졌다.

최랑의 부모가 이상하게 여겨 그 병의 증상을 물었지만, 묵묵히 아무런 말도 하지 않았다. 딸의 상자 속을 들추어 보았더니, 이생과 지난날에 주고받은 시들이 있었다.

최랑의 부모들이 그제야 놀라서 무릎을 치며 말하였다.

"어이구. 우리 딸자식을 잃어버릴 뻔했구려."

그러고는 딸에게 물었다.

"이생이 누구냐?"

이렇게 되자 최랑도 더 이상 숨길 수 없어 목구멍에서 겨우 나오는 소리로 부모에게 아뢰었다.

"아버님과 어머님께서 길러 주신 은혜가 깊으니, 어찌 사실을 숨기겠습니까? 저 혼자 생각해 보니 남녀가 서로 사랑을 느끼는 것은 인정 가운데서도 가장 중요합니다. 그러므로 '결혼할 좋은 시기를 놓치지 마라.'는 말은 《시경(詩經)》의 〈주남(周南)〉편에도 나타나고, '여자가 정조를 지키지 못하면 흉하다.'는 말은 《주역(周易)》에서도 경계하였습니다.

저는 버들처럼 가냘픈 몸으로 얼굴빛이 시드는 것은 생각지 않고서 절개를 지키지 못하여 옆 사람들에게 비웃음을 받게 되었습니다. 새삼 덩굴이 다른 나무에 의지해서 살 듯이 저는 벌써 위당(渭塘)의 처녀 노릇을 하게 되었으니, 죄가 이미 가득 차 집안에까지 누를 끼치게 되었습니다.

그러나 저 아름다운 도련님과 한 번 정을 통한 뒤부터는 도련님께 대한 원망이 천만 번 생기게 되었습니다. 연약한 몸으로 괴로움을 참으며 홀로 살아가려니, 그리운 정은 나날이 깊어 가고 아픈 상처는 나날이 더해 가서 죽을 지경에 이르렀습니다. 이제는 원한 맺힌 귀신으로 화(化)해 버릴 것 같습니다.

부모님께서 제 소원을 들어주신다면 남은 목숨을 보존하게 되고, 이 간절한 청을 거절하신다면 죽음만이 있을 뿐입니다. 이생과 저승에서 다시 만나 노닐지언정, 맹세코 다른 가문에는 오르지 않겠습니다."

그러자 부모도 이미 그의 뜻을 알았으므로 다시는 병의 증세를 묻지 않았다. 타이르고 달래면서 그의 마음을 누그러뜨려 주었다. 그러고는 중매쟁이의 예를 갖추어 이생의 집으로 보냈다.

이생의 아버지가 최 씨 집안이 얼마나 번성한지 물은 뒤에 말하였다.

"우리 집 아이가 비록 어린 나이에 바람이 났지만, 학문에 정통하고 사람답게 생겼소. 앞으로 장원 급제할 것이며 훗날 이름을 세상에 떨칠 것이니, 서둘러 혼처를 정하고 싶지 않소."

중매쟁이가 돌아가서 그대로 아뢰자, 최 씨가 다시 중매인을 이 씨 집으로 보내어 말하게 하였다.

"한 시대의 친구들이 모두들 '그 댁의 영식(令息)은 재주가 남달리 뛰어나다.'고 칭찬하였습니다. 아직은 또아리를 틀고 있지만, 어찌 끝까지 연못 속에 잠겨만 있겠습니까? 빨리 혼삿날을 정해 두 집안의 즐거움을 이루는 것이 좋겠습니다."

중매쟁이가 돌아가서 또 그 말을 이생의 아버지에게 전하였더니, 이생의 아버지가 말하였다.

"나도 젊었을 때부터 책을 잡고 학문을 닦았지만, 나이 늙도록 성공하지 못하였소. 종들도 흩어지고 친척의 도움도 적어 생업이 신통치 않고 살림도 궁색해졌소. 그러니 문벌 좋고 번성한 집안에서 어찌 한갓 빈한한 선비를 사위로 삼으려 하시겠소? 이는 반드시 일 만들기 좋아하는 이들이 우리 집안을 지나치게 칭찬해서 귀댁을 속이려는 것일 거요."

중매쟁이가 돌아와서 또 최 씨 집안에 전하자, 최 씨 집안에서는 이렇게 말하였다.

"예물 드리는 모든 절차와 옷차림은 모두 저희 집에서 갖추겠습니다. 좋은 날을 가려서 화촉의 시기만 정해 주시면 좋겠습니다."

중매쟁이가 또 돌아가서 이 말을 전하였다.

이 씨 집안에서도 이렇게까지 되자 뜻을 돌려, 곧 사람을 보내어 이생을 불러다 그의 생각을 물었다. 이생은 스스로 기쁨을 이기지 못하여 곧 시 한 수를 지었다.

깨어진 거울이 다시 둥글게 되니
만남도 때가 있어
은하의 까마귀와 까치들이
아름다운 기약을 도와주었네.

이제야 월하노인(月下老人)이
붉은 실을 잡아매었으니
봄바람이 건듯 불더라도
소쩍새를 원망 마소.

최랑이 이 시를 듣고 병도 차츰 나아져, 자기도 시를 지었다.

나쁜 인연이 바로
좋은 인연이던가?
그 옛날 맹세가
마침내 이루어졌네.
어느 때나 님과 함께
작은 수레를 끌고 갈까?
아이야, 나를 일으켜 다오
꽃비녀를 손질하련다.

이에 좋은 날을 가려 마침내 혼례를 이루니, 끊어졌던 사랑이 다시 이어지게 되었다. 그들은 부부가 된 이후에 서로 사랑하면서도 공경하여 마치 손님처럼 대하니, 비록 양홍(梁鴻)·맹광(孟光)이나 포선(鮑宣)·환소군(桓少君)이라도 그들의 절개와 의리를 따를 수가 없었다.

이생이 이듬해 문과에 급제하여 높은 벼슬에 오르자, 그의 이름이 조정에 알려졌다.

신축년(1361년)에 홍건적이 서울을 점거하자 임금은 복주로 피난 갔다. 적들은 집을 불태워 없애 버렸으며, 사람을 죽이고 가축을 잡아먹었다. 부부와 친척끼리도 서로 보호하지 못했고 동서로 달아나 숨어서 제각기 살길을 찾았다.

이생은 가족들을 데리고 외진 산골로 숨었는데, 한 도적이 칼을 빼어 들고 뒤를 쫓아왔다. 이생은 달아나 목숨을 건졌지만, 최랑은 도적에게 사로잡혔다. 도적이 최랑의 정조를 빼앗으려 하자, 최랑이 크게 꾸짖었다.

"창귀(倀鬼) 같은 놈아. 나를 죽여 먹어라. 내 차라리 죽어서 시랑(豺狼)의 밥이 될지언정 어찌 개돼지 같은 놈의 짝이 되겠느냐?"

도적이 노하여 최랑을 무참히 죽이고 살을 도려 내었다.

이생은 거친 들판에 숨어서 겨우 목숨을 보전하다가, 도적이 이미 다 없어졌다는 소식을 듣고 부모님이 사시던 옛집을 찾아갔다. 그러나 그 집은 이미 싸움 통에 불타 없어졌다. 또 최랑의 집에도 가 보았더니 행랑채는 황량했으며, 쥐와 새들의 울음소리만 들려왔다.

이생은 슬픔을 이기지 못하여 작은 누각으로 올라가서 눈물을 거두며 길게 한숨을 쉬었다. 날이 저물도록 우두커니 홀로 앉아 지나간 일들을 생각해 보니 완연히 한바탕 꿈만 같았다.

이경(二更)쯤 되자 희미한 달빛이 들보를 비춰 주는데 낭하에서 발자국 소리가 들려왔다. 그 소리는 멀리서부터 차츰 가까이 다가왔다. 이르고 보니 바로 최랑이었다.

이생은 그가 이미 죽은 것을 알고 있었지만, 너무도 사랑하는 마음에 의심하지도 않고 물어 보았다.

"당신은 어디로 피난 가서 목숨을 보전하였소?"

여인이 이생의 손을 잡고 한바탕 통곡하더니, 이내 사정을 이야기하였다.

"저는 본디 양가의 딸로서 어릴 때부터 가정의 교훈을 받아 수놓기와 바느질에 힘썼고, 시서(詩書)와 예법을 배웠어요. 그래서 규방의 법도만 알뿐이지, 그 밖의 일이야 어찌 알겠어요? 마침 당신이 붉은 살구꽃이 핀 담 안을 엿보았으므로, 제가 푸른 바다의 구슬을 바친 거지요. 꽃 앞에서 한 번 웃고 평생의 가

약을 맺었고, 휘장 속에서 다시 만날 때에는 정이 백 년을 넘쳤지요.

여기까지 말하고 보니 슬프고도 부끄러워 견딜 수가 없군요. 장차 백 년을 함께 하자고 하였는데, 뜻밖에 횡액을 만나 구렁에 넘어질 줄이야 어찌 알았겠어요? 늑대 같은 놈들에게 끝까지 정조를 잃지 않았지만, 제 몸은 진흙탕에서 찢겨졌답니다. 천성이 저절로 그렇게 된 것이지, 인정으로야 어찌 그럴 수 있었겠어요?

저는 당신과 외딴 산골에서 헤어진 뒤에 짝 잃은 새가 되었지요. 집도 없어지고 부모님도 돌아가셨으니, 피곤한 혼백을 의지할 곳도 없는 게 한스러웠답니다. 절의(節義)는 중요하고 목숨은 가벼우니, 쇠잔한 몸뚱이일망정 치욕을 면한 것을 다행스럽게 여겼지요. 그러나 마디마디 끊어진 제 마음을 그 누가 불쌍하게 여겨 주겠어요? 한갓 애끊는 썩은 창자에만 맺혀 있을 뿐이지요.

해골은 들판에 내던져졌고 간과 쓸개는 땅바닥에 널려졌으니, 가만히 옛날의 즐거움을 생각해 보면 오늘의 슬픔을 위해 있었던 것 같군요.

이제 봄바람이 깊은 골짜기에 불어오기에, 저도 이승으로 돌아왔지요. 봉래산 십이 년의 약속이 얽혀 있고 삼세(三世)의 향이 향그러우니, 오랫동안 뵙지 못한 정을 이제 되살려 옛날의 맹세를 저버리지 않겠어요. 당신이 지금도 그 맹세를 잊지 않으셨다면, 끝까지 잘 모시고 싶답니다. 당신도 허락하시겠지요?"

이생이 기쁘고도 고마워 말하였다.

"그게 애당초 내 소원이오."

그러고는 서로 정답게 심정을 털어놓았다. 재산을 얼마나 도적들에게 빼앗겼는지 이야기가 나오자, 여인이 말하였다.

"조금도 잃지 않고 어느 산 어느 골짜기에 묻어 두었답니다."

이생이 또 물었다.

"두 집 부모님의 해골을 어디에 모셨소?"

여인이 말하였다.

"어느 곳에다 그냥 버려두었지요."

정겨운 이야기를 끝낸 뒤에 잠자리를 같이 하였는데, 지극한 즐거움이 예전과 같았다.

이튿날 여인이 이생과 함께 자기가 묻힌 곳을 찾아갔는데, 과연 금과 은 몇 덩어리가 있었고, 재물도 약간 있었다. 그들은 두 집 부모님의 해골을 거두고 금과 재물을 팔아 각각 오관산 기슭에 합장하였다. 나무를 세우고 제사를 드려 예절을 모두 다 마쳤다.

그 뒤에 이생도 또한 벼슬을 구하지 않고 최 씨와 함께 살았다. 목숨을 구하려고 달아났던 종들도 또한 스스로 돌아왔다. 이생은 이때부터 인간 세상의 모든 일을 다 잊어버렸으며, 아무리 친척이나 손님들의 길흉사가 있더라도 방문을 닫아걸고 나가지 않았다. 언제나 최 씨와 더불어 시를 지어 주고받으며 금실 좋게 지내었다.

그럭저럭 몇 년이 지난 어느 날 저녁에 여인이 이생에게 말하였다.

"세 번이나 가약을 맺었지만 세상일이 뜻대로 되지 않아, 즐거움이 다하기도 전에 슬프게 헤어져야만 하겠어요."

여인이 목메어 울자 이생이 놀라면서 물었다.

"어찌 이렇게 되었소?"

여인이 대답하였다.

"저승길은 피할 수가 없답니다. 하느님께서 저와 당신의 연분이 끊어지지 않았고 또 전생에 아무런 죄도 지지 않았다면서, 이 몸을 환생시켜 당신과 잠시라도 시름을 풀게 해 주었지요. 그러나 제가 오랫동안 인간 세상에 머물면서 산 사람을 미혹시킬 수는 없답니다."

그리고는 몸종 향아를 시켜서 술을 올리게 하고는, '옥루춘곡(玉樓春曲)'에 맞추어 노래 한 가락을 지어 부르며 이생에게 술을 권하였다.

칼과 창이 어우러져 싸움이 가득한 판에

옥 부서지고 꽃 떨어지니 원앙도 짝을 잃었네.

흩어진 해골을 그 누가 묻어 주랴.

피에 젖어 떠도는 혼이 하소연할 곳도 없었네.

무산의 선녀가 고당에 한 번 내려온 뒤에

깨어진 종(鐘)이 거듭 갈라지니 마음 더욱 쓰라려라.

이제 한 번 작별하면 둘이 서로 아득해질 테니

하늘과 인간 세상 사이에 소식마저 막히리라.

노래를 한마디 부를 때마다 눈물이 자꾸 흘러내려 거의 곡조를 이루지 못하였다. 이생도 또한 슬픔을 걷잡지 못하면서 말하였다.

"내 차라리 당신과 함께 황천(荒天)으로 갈지언정 어찌 무료하게 홀로 여생을 보전하겠소? 지난번 난리를 겪고 난 뒤에 친척과 종들이 저마다 서로 흩어지고 돌아가신 부모님의 해골이 들판에 내버려져 있었는데, 당신이 아니었다면 그 누가 장사를 지내 드렸겠소? 옛 사람 말씀에 '어버이가 살아 계실 때에는 예로써 섬기고, 돌아가신 뒤에는 예로써 장사 지내라.' 하였는데, 이런 일을 모두 당신이 감당해 주었소. 당신은 정말 천성이 효성스럽고 인정이 두터운 사람이오. 나는 당신에게 고맙기 그지

없고, 부끄러움을 견디지 못하겠소. 당신도 인간 세상에 더 오래 머물다가 백 년 뒤에 나와 함께 티끌이 되었으면 좋겠구려."

여인이 말하였다.

"당신의 목숨은 아직 남아 있지만, 저는 이미 귀신의 명부(冥府)에 실려 있답니다. 그래서 더 오래 볼 수가 없지요. 제가 굳이 인간 세상을 그리워하며 미련을 가진다면 명부의 법도를 어기게 되니, 저에게만 죄가 미치는 게 아니라 당신에게도 또한 누가 미치게 된답니다. 저의 유골이 어느 곳에 흩어져 있으니, 만약 은혜를 베풀어 주시려면 그 유골이나 거두어 비바람을 맞지 않게 해 주세요."

두 사람은 서로 바라보며 눈물만 줄줄 흘렸다.

"낭군님, 부디 안녕히 계십시오."

말이 끝나자 차츰 사라지더니 마침내 자취가 없어졌다.

이생은 여인의 말대로 유골을 거두어 부모님의 무덤 곁에다 장사를 지내 주었다. 장사를 지낸 뒤에는 이생도 또한 지나간 일들을 생각하다가 병을 얻어 몇 달 만에 세상을 떠났다. 이 이야기를 들은 사람들마다 가슴 아파 탄식하며 그들의 아름다운 절개를 사모하지 않는 사람이 없었다.

취유부벽정기 (醉遊浮碧亭記)

평양은 옛 조선의 서울이다. 주나라 무왕이 은나라를 이기고 기자를 방문하자, 기자가 홍범구주(洪範九疇)의 법을 일러 주었다. 무왕은 기자를 이 땅에 봉하였지만 신하로 삼지는 않았다.

이곳의 명승지로는 금수산·봉황대·능라도·기린굴·조천석·추남허 등이 있는데, 모두 고적이다. 영명사의 부벽정도 그 가운데 하나이다.

영명사 자리는 바로 고구려 동명왕의 구제 궁터이다. 이 절은 성밖에서 동북쪽으로 이십 리 되는 곳에 있다. 긴 강을 내려다보고 평원을 멀리 바라보며 아득하기 그지없으니, 참으로 좋은 경치였다.

그림 그린 놀잇배와 장삿배들이 날 저물 무렵 대동문 밖에 있는 유기에 닿아 머물면, 사람들은 으레 강물을 따라 올라와서 이곳을 마음대로 구경하며 실컷 즐기다가 돌아가곤 하였다.

　부벽정 남쪽에는 돌을 다듬어 만든 사닥다리가 있다. 왼편에는 청운제, 오른편에는 백운제라고 돌에다 글자를 새겨 화주(華柱)를 세워 놓았으므로, 호사자(好事者)의 구경거리가 되었다.

　천순(天順) 초년에 개성에 홍생이라는 부자가 있었다. 그는 나이도 젊고 얼굴도 잘생긴 데다 풍도가 있었으며, 글을 잘 지었다. 그가 한가윗날을 맞아 친구들과 함께 평양에 베를 안고 와서 실로 바꾸었다. 그런 뒤에 배를 강가에 대자, 성안의 이름난 기생들이 모두 성문 밖으로 나와서 홍생에게 추파를 던졌다.

　성안에 이생이라는 옛 친구가 살았는데, 잔치를 베풀어 홍생을 환영하였다. 홍생은 술이 취하자 배로 돌아갔지만 밤이 서늘하고 잠도 오지 않아서, 문득 장계가 지은 '풍교야박'이라는 시가 생각났다. 그래서 맑은 흥취를 견디지 못해 작은 배를 타고는, 달빛을 싣고 노를 저어서 올라갔다. 흥취가 다하면 돌아가리라 생각하고 올라가다가, 이르고 보니 부벽정 아래였다.

　홍생을 뱃줄을 갈대숲에 매고, 사닥다리를 밟고 올라갔다. 난간에 기대어 바라보며, 맑은 소리로 낭랑하게 시를 읊었다.

　그때 달빛은 바다처럼 넓게 비치고 물결은 흰 비단처럼 고운

데, 기러기는 모래밭에서 울고 학은 소나무에서 떨어지는 이슬
방울에 놀라서 푸드덕거렸다. 마치 하늘 위에 옥황상제가 계신
곳에라도 오른 것처럼 기상이 서늘해졌다.

한편 옛 서울을 돌아보니 하얀 성가퀴에는 안개가 끼어 있고,
외로운 성 밑에는 물결만 부딪칠 뿐이었다. '맥수은허'의 탄식
이 저절로 나와, 이내 시 여섯 수를 지어 읊었다.

부벽정 올라와 시흥을 못 견디고 읊으니
흐느끼는 강물 소리가 애끓는 듯하여라.
용 같고 호랑이 같던 고국의 기상은 이미 없어졌건만
황폐한 옛 성은 지금까지도 봉황 모습 그대로일세.
모래밭에 달빛이 희니 기러기는 갈 길을 잃고
풀밭에는 연기가 걷혀 반딧불만 날고 있네.
사람 세상에 바뀌고 보니 풍경마저 쓸쓸해져
한산사 깊은 곳에서 종소리만 들려오네.

임금 계시던 궁궐에는 가을 풀만 쓸쓸하고
구름 낀 돌층계는 길마저 아득해라.
청루 옛터에는 냉이풀만 우거졌는데
담 넘어 희미한 달 보며 까마귀만 우짖네.

풍류롭던 옛일은 티끌이 되었고
적막한 빈 궁성엔 찔레만 덮였구나.
오직 강물만이 옛날 그대로 울며 울며
도도히 흘러서 바다로 향하누나.

대동강 저 물결은 쪽보다도 더 푸르네.
천고 흥망을 한탄한들 어이하랴.
우물에는 물이 말라 담쟁이만 드리웠고
돌단에는 이끼가 끼어 능수버들만 늘어졌네.
타향의 풍월을 천수나 읊고 보니
고국의 정회에 술이 더욱 취하여라.
달빛이 난간에 밝아 졸음조차 오지 않는데
밤 깊어지며 계화 향기가 살며시 떨어지네.

오늘이 한가위라 달빛은 곱기만 한데
외로운 옛 성은 볼수록 서글퍼라.
기자묘(箕子廟) 뜨락에는 교목이 늙어 있고
단군사(檀君祠) 벽 위에는 담쟁이가 얽히었네.
영웅은 적막하니 지금 어디에 있는가
풀과 나무만 희미하니 몇 해나 되었던가?

오직 그 옛날의 둥근 달만 남아 있어
맑은 빛이 흘러나와 이 내 옷깃을 비추네.

동산에 달이 뜨자 까막까치 흩어져 날고
밤 깊어지자 찬 이슬이 나의 옷을 적시네.
문물은 천년이라 옛 모습 간 데 없건만
만고의 강산에도 성곽은 허물어졌네.
하늘에 오른 성제(聖帝)께선 돌아오지 않으시니
인간에 남긴 이야기를 무엇으로 증거하랴.
황금 수레에 기린 말도 이제는 자취 없어
연로(輦路)에는 풀 우거지고 스님만이 홀로 가네.

찬 이슬이 내리자 뜰의 풀이 다 시드는데
청운교와 백운교는 마주 보고 서 있구나.
수나라 대군의 넋이 여울에서 울어예니
임금의 정령(精靈)이 가을 매미 되었던가.
한길에는 연기만 낀 채 수레 소리도 끊어졌는데
소나무 우거진 행궁(行宮)에는 저녁 종소리만 들리네.
누각에 올라 시를 읊어도 그 누가 함께 즐길 건가
달 밝고 바람도 맑아 시흥이 시들지 않네.

홍생은 읊기를 마친 뒤에 손바닥을 어루만지며 일어나 그 자리에서 춤을 추었다. 한 구절을 읊을 때마다 흐느껴 울었다. 바로 뱃전을 두드리고 퉁소를 불며 서로 화답하는 즐거움은 없었지만 마음속으로 느꺼워하였다. 그래서 깊은 구렁에 잠긴 용도 따라서 춤추게 할 만하였고, 외로운 배에 있는 과부도 울릴 만하였다.

시 읊기를 마치고 돌아오려 하자 밤은 벌써 삼경이나 되었다. 이때 갑자기 발자국 소리가 서쪽에서 들려왔다. 홍생은 마음속으로 '절의 스님이 시 읊는 소리를 듣고 이상하게 생각하여 찾아오는 것이겠지.' 하고 생각하며 앉아서 기다렸다.

그런데 나타나고 보니 한 아름다운 여인이었다. 두 시녀가 좌우에서 따르며 모셨는데, 한 여인은 옥자루가 달린 불자(拂子)를 잡았고, 다른 한 시녀는 비단 부채를 들고 있었다. 여인은 위엄이 있고도 단정하여 마치 귀족 집 처녀 같았다.

홍생은 뜰 아래로 내려가 담 틈으로 비켜서서 그가 어떻게 하는지 살펴보았다. 여인은 남쪽 난간에 기대어 서서 달빛을 보며 작은 소리로 시를 읊었는데, 풍류와 몸가짐이 엄연하여 범절이 있었다. 시녀가 비단 방석을 펴자, 여인이 얼굴빛을 고치고 자리에 앉아 낭랑한 소리로 말하였다.

"여기서 방금 시를 읊던 사람이 있었는데, 지금 어디에 있소?

나는 꽃이나 달의 요물도 아니고, 연꽃 위를 거니는 주희도 아니라오. 다행히도 오늘처럼 아름다운 밤을 맞고 보니, 만리장공 넓은 하늘에는 구름도 걷히었소. 달이 높이 뜨고 은하수는 맑은데다, 계수나무 열매가 떨어지고 백옥루는 차갑기에, 한잔 술에 시 한 수로 그윽한 심정을 유쾌히 풀어 볼까 하였소. 이렇게 좋은 밤을 어찌 그대로 보내겠소?"

홍생이 그 말을 듣고 한편으로 두려웠지만 한편으로는 기쁘기도 하였다. 그래서 어찌할까 머뭇거리다가 가늘게 기침소리를 내었다. 시녀가 기침소리가 나는 곳을 찾아와서 청하였다.

"저희 아가씨께서 모시고 오라 하십니다."

홍생이 조심스럽게 나아가서 절하고 꿇어앉았다. 여인도 또한 별로 어려워하지 않으며 말하였다.

"그대로 이리 올라오시오."

시녀가 낮은 병풍으로 잠깐 앞을 가리었으므로 그들은 얼굴을 서로 반만 보았다. 여인이 조용히 말하였다.

"그대가 읊은 시는 무슨 뜻이오? 나에게 외어 주시오."

홍생이 그 시를 하나하나 외우자, 여인이 웃으며 말하였다.

"그대는 나와 함께 시에 대하여 이야기할 만하오."

여인이 시녀에게 명하여 술을 한차례 권하였는데, 차려 놓은 음식이 인간 세상의 것과 같지 않았다. 먹으려 해 봐도 굳고 딱

딱하여 먹을 수가 없었다. 술맛도 또한 써서 마실 수가 없었다. 여인이 빙그레 웃으면서 말하였다.

"속세의 선비가 어찌 백옥례(白玉醴)와 홍규포를 알겠소."

여인이 시녀에게 명하였다.

"너 빨리 신호사에 가서 절밥을 조금만 얻어 오너라."

시녀가 시키는 대로 가서 곧 절밥을 얻어 왔다. 그러나 밥뿐이었고, 반찬이 또한 없었다. 그래서 다시 시녀에게 명하였다.

"얘야. 주암(酒巖)에 가서 반찬도 얻어 오너라."

얼마 되지 않아서 시녀가 잉어 구이를 얻어 가지고 왔다. 홍생은 그 음식들을 먹었다. 그가 음식을 먹고 나자, 여인은 이미 홍생의 시에 따라 그 뜻에 화답하였다.

향기로운 종이에 시를 써서 시녀로 하여금 홍생에게 주도록 하였는데, 그 시는 이러하였다.

부벽정 오늘밤에 달빛 더욱 밝은데
맑은 이야기에 감회가 어떻던가?
어렴풋한 나무 빛은 일산처럼 펼쳐졌고
넘치는 저 강물은 비단 치마를 둘렀네.
세월은 나는 새처럼 어느새 지나갔고
세상일도 자주 변해 흘러가 버린 물 같아라.

오늘밤의 정회를 그 누가 알아주랴
깊은 숲에서 종소리만 이따금 들려오네.

옛 성에 올라 보니 대동강이 어디런가
푸른 물결 밝은 모래밭에 기러기 떼가 울며 가네.
기린 수레는 오지 않고 님도 벌써 가셨으니
봉피리 소리 끊어졌고 흙무덤만 남았어라.
갠 산에 비가 오려나, 내 시를 벌써 이뤄졌는데
들판 절에는 사람도 없어 나 혼자 술에 취하였네.
숲 속에 자빠진 동타(銅駝)를 내 차마 보지 못하니
천년의 옛 자취가 뜬구름 되었어라.

풀뿌리 차갑다고 쓰르라미 울어 대네.
높은 정자에 올라 보니 생각조차 아득해라.
비 그치고 구름 끼니 지나간 일이 가슴 아픈데
떨어진 꽃 흐르는 물에 세월이 느껴지네.
가을이라 밀물 소리 더더욱 비장한 데다
물에 잠긴 저 누각엔 달빛마저 처량해라.
이곳이 그 옛날엔 문물이 번성했지
황폐한 성 늙은 나무가 남의 애를 끊는구나.

금수산 언덕 앞에 금수가 쌓여 있어
강가의 단풍들이 옛 성을 비쳐 주네.
어디서 또닥또닥 다듬이소리가 들려오나?
뱃노래 한 가락에 고깃배가 돌아오네.
바위에 기댄 고목에는 담쟁이가 얽혀 있고
풀 속에 쓰러진 비석에는 이끼가 끼었구나.
말없이 난간에 기대어 지난 일을 생각하니
달빛과 파도 소리까지 모두가 슬프기만 해라.

별들이 드문드문 하늘에 널렸는데
은하수 맑고 옅어 달빛 더욱 밝았구나.
이제야 알겠으니 모두가 허사로다
저승을 기약키 어려우니 이승에서 만나 보세.
술 한 잔 가득 부어 취해 본들 어떠랴
풍진 세상에 삼척검을 마음에다 둘 텐가?
만고의 영웅들도 티끌이 되었으니
세상에 남는 것은 죽은 뒤의 이름뿐일세.

이 밤이 어찌 되었나, 밤은 이미 깊어졌네.
담 위에 걸린 달이 이제는 둥글어졌네.

그대와 지금부터 세속 인연을 벗었으니
한없는 즐거움을 나와 함께 누려 보세.
강가의 누각에는 사람들이 흩어지고
뜰 앞의 나무에는 찬 이슬이 내리네.
이 뒤에 다시 한 번 만날 때를 알고 싶다니
봉래산에 복숭아 익고 푸른 바다도 말라야 한다네.

홍생은 시를 받아 보고 기뻐하였다. 그러나 그가 돌아갈까 봐
염려되어, 이야기를 하면서 붙잡으려고 하였다. 그래서 이렇게
물어보았다.

"송구스럽지만 당신의 성씨와 족보를 듣고 싶습니다."

여인이 한숨을 쉬더니 대답하였다.

"나는 은나라 임금의 후손이며 기 씨의 딸이라오. 나의 선조
(기자)께서 실로 이 땅에 봉해지자 예법과 정치 제도를 모두 탕
왕의 가르침에 따라 행하였고, 팔조(八條)의 금법(禁法)으로써
백성을 가르쳤으므로 문물이 천년이나 빛나게 되었소.

갑자기 나라의 운수가 곤경에 빠지고 환난이 문득 닥쳐와 나
의 선친(준왕)께서 필부(匹夫)의 손에 실패하여 드디어 종묘사
직을 잃으셨소. 위만(衛滿)이 이 틈을 타서 보위(寶位)를 훔쳤으
므로 우리 조선의 왕업은 끊어지고 말았소.

나는 어지러운 때를 당하여 절개를 굳게 지키기로 다짐하고 죽기만 기다렸을 뿐인데 홀연히 한 신인(神人)이 나타나 나를 어루만지며 말씀하셨소. '나는 본래 이 나라의 시조인데, 나라를 잘 다스린 뒤에 바다 섬에 들어가 죽지 않는 선인(仙人)이 된 지가 벌써 수천 년이나 되었다. 너도 나를 따라 하늘나라 궁궐에 올라가 즐겁게 노니는 것이 어떻겠느냐?' 내가 응낙하자 그분이 마침내 나를 이끌고 자기가 살고 있는 곳으로 가서 별당을 지어 나를 머물게 하고, 나에게 현주(玄洲)의 불사약을 주셨소.

그 약을 먹고 몇 달이 지나자 홀연히 몸이 가벼워지고 기운이 건장해지더니, 날개가 달려 신선이 된 것 같았소. 그때부터 하늘에 높이 떠서 천지 사방을 오가며 동천복지(洞天福地)를 찾아 십주(十洲)와 삼도(三島)를 유람하지 않은 곳이 없었소.

하루는 하늘이 활짝 개고 하늘나라가 밝은 데다 달빛이 물처럼 맑았소. 달을 쳐다보니 갑자기 먼 곳에 가 보고 싶은 생각이 들었소. 그래서 달나라에 올라가서 광한청허지부(廣寒淸虛之府)에 들어가 수정궁으로 항아를 방문하였더니, 항아가 나더러 절개가 곧고 글을 잘 짓는다고 칭찬하면서 이렇게 달래었소.

'인간 세상의 선경(仙境)을 비록 복지(福地)라고는 하지만, 모두 풍진(風塵)의 땅이다. 하늘나라에 올라와서 흰 난새를 타고 계수나무 아래에서 맑은 향내를 맡으며, 푸른 하늘에서 달빛을

띠고 옥경(玉京)에서 즐겁게 놀거나 은하수에서 목욕하는 것보다야 낫겠느냐?'

그러고는 나를 향안(香案) 받드는 시녀로 삼아 자기 곁에 있도록 하여 주었는데, 그 즐거움을 이루 다 말할 수 없었소.

그러다가 오늘 저녁에 갑자기 고국 생각이 나서, 인간 세상을 내려다보며 고향땅을 굽어보았소. 산천은 옛 그대로였지만 사람들은 달라졌고, 밝은 달빛이 연기와 티끌들을 가려 주었으며, 맑은 이슬이 대지에 쌓인 먼지를 깨끗이 씻어 놓았기에, 옥경을 잠시 하직하고 살며시 내려와 보았소. 조상님의 산소에 절하고는 부벽정이나 구경하면서 회포를 풀어 볼까 해서 이리 왔소.

마침 글 잘 하는 선비를 만나니, 한편 기쁘고도 한편 부끄럽소. 더군다나 그대의 뛰어난 시에다 노둔한 붓을 펼쳐 화답하였으니, 감히 시라고 한 게 아니라 회포를 대강 펼쳤을 뿐이오."

홍생이 두 번 절하고 머리를 조아리며 말하였다.

"아래 세상의 우매한 사람이야 초목과 함께 썩는 것이 마땅합니다. 이 나라의 왕손이신 선녀를 모시고 시를 주고받게 될 줄이야 어찌 뜻하였겠습니까?"

홍생은 그 자리에서 한 번 읽어 본 시를 기억하고 있었으므로 다시 엎드려서 말하였다.

"우매한 이 사람은 전세에 지은 죄가 많아 신선의 음식을 먹을 수 없습니다만, 다행히도 글자는 대강 알고 있습니다. 그래서 선녀께서 지으신 시도 조금은 이해하였는데, 참으로 기이한 일입니다. 사미(四美)를 갖추기가 어려운데 이제 이 네 가지가 다 갖추어졌으니, 이번에는 '강정추야완월(江亭秋夜玩月)'로 제목을 삼아서 사십 운(韻)의 시를 지어 저를 가르쳐 주십시오."

여인이 고개를 끄덕이더니, 붓을 적셔 한 번에 죽 내리썼다. 구름과 연기가 서로 얽힌 듯하였다. 붓을 달려서 곧바로 지었는데, 그 시는 이러하였다.

부벽정 달 밝은 밤에 먼 하늘에서 맑은 이슬이 내렸네.
맑은 빛은 은하수에 빛나고 서늘한 기운은 오동잎에 서리네.
눈부시게 깨끗한 삼천리에 십이루(十二樓)가 아름다워라.
가녀린 구름은 티끌도 없는데 가벼운 바람이 눈앞을 스치네.
넘실넘실 넘치며 흐르는 물에 아물아물 떠나는 배를 보내네.
배 안에서 창틈으로 엿보니 갈대꽃이 물가를 비추는구나.
'애상곡'이 들리는 건가 옥도끼로 다듬은 건가.
진주조개로 집을 지어 염부주(炎浮洲)에 비치는구나.
지미(知微)와 달구경하고 공원(公遠)을 따르며 놀아 보세나.
달빛이 차갑자 위나라 까치가 놀라고 오나라 소는 그림자보고 헐떡이네.

달빛이 푸른 산을 두르고 둥근 달이 푸른 바다에 떴는데,

그대와 함께 창을 열어젖히고 흥겨워 주렴을 걷어 올리네.

이자는 술잔을 멈추었고 오생은 계수나무를 찍었지.

흰 병풍이 빛도 찬란한데 아로새긴 채색 휘장이 쳐져 있네.

보배로운 거울을 닦아 내어 처음 걸고 얼음 바퀴 구르던 것도 멈추지 아니하네.

금물결은 어이 그리도 아름다우며 은하수는 어이 그리도 유장한지,

요사스런 두꺼비는 칼을 뽑아 없애고 교활한 옥토끼는 그물을 펼쳐 잡아 보세.

먼 하늘에는 비가 처음 개고 돌길에는 맑은 연기가 걷혔는데,

난간은 숲 사이에 솟았고 섬돌에선 만 길 못을 굽어보네.

머나먼 곳에서 그 누가 길을 잃었나?

고향 나라 옛 친구를 다행히도 만났네.

복사꽃과 오얏꽃을 서로 주고받으며 잔에 가득 부어 술도 주고받았네.

초에다 금을 그어 다투어 시를 짓고 가지를 더해 가며 취토록 마셔 보세.

화로 속에 까만 숯불이 튀고 노구솥에 보글보글 거품이 이네.

오리 향로에선 용연향(龍涎香)이 풍겨 오고 커다란 잔 속에는

술이 가득해라.

외로운 소나무에선 학이 울고 벽에선 귀뚜라미가 우는구나.

호상에서 은호와 유량이 이야기하고 진저(晉渚)에서 사령운이 혜원과 노닐었지.

어렴풋이 거친 성터에 쓸쓸하게 초목만 우거져,

단풍잎은 하늘하늘 떨어지고 누런 갈대는 차게 사각거리네.

하늘과 땅은 넓기만 한데 티끌 세상엔 세월도 빠르구나.

옛 궁궐엔 벼와 기장이 여물었고 사당에는 가래나무와 뽕나무가 늘어졌네.

남은 자취는 빗돌뿐이던가 흥망을 갈매기에게 물어보리라.

달님은 기울었다가 다시 차니 인생이란 하루살이 같아라.

궁궐은 절간이 되고 옛날의 임금들은 세상 떠났네.

반딧불이 휘장에 가려 사라지자 도깨비불이 깊은 숲에서 나타나네.

옛날 일 생각하면 눈물만 떨어지고 지금 세상 생각하면 저절로 시름겨우니,

단군 옛터는 목멱산만 남았고 기자 서울도 실개천뿐일세.

굴속에는 기린의 자취가 있고 들판에는 숙신(肅愼)의 화살만 남았는데,

난향(蘭香)이 자부(紫府)로 돌아가자 직녀도 용을 타고 떠나

가네.

글 짓는 선비는 붓을 놓고 선녀도 공후를 멈추었네.

노래를 마치고 사람들 흩어지려니 고요한 바람에 노 젓는 소리만 들려오네.

여인은 쓰기를 마친 뒤에 공중에 높이 솟아 가 버렸는데, 어디로 갔는지 알 수가 없었다. 여인이 돌아가면서 시녀를 시켜 홍색에게 말을 전하였다.

"옥황상제의 명이 엄하셔서 나는 이제 흰 난새를 타고 돌아가겠소. 맑은 이야기를 다 하지 못했기에 내 속마음이 아주 섭섭하오."

얼마 뒤에 회오리바람에 불어와 땅을 휘감더니 홍생이 앉았던 자리도 걷고 여인의 시도 앗아가 버렸는데, 이 시 또한 어디로 갔는지 알 수가 없었다. 이상한 이야기를 인간 세상에 전하여 퍼뜨리지 못하게 한 것이었다.

홍생은 조용히 서서 가만히 생각해 보았는데, 꿈도 아니고 생시도 아니었다. 난간에 기대서 정신을 모으고는 여인이 했던 말들을 모두 기록하였다.

그는 기이하게 만났지만 가슴속에 쌓인 이야기를 다 하지 못한 것이 서운하여 조금 전의 일들을 회상하면서 시를 읊었다.

양대(陽臺)에서 꿈결에 님을 만났네.

어느 해에야 옥피리 불며 다시 돌아오시려나.

대동강 푸른 물결이야 비록 무정하지만

님 떠난 저곳으로 슬피 울며 가는구나.

시 읊기를 마치고 사방을 둘러보니 산속의 절에서는 종이 울고 물가 마을에서는 닭이 우는데, 달은 성 서쪽으로 기울고 샛별만 반짝이고 있었다. 다만 뜰에서 쥐 소리가 들리고 자리 옆에서는 벌레 소리만 들릴 뿐이었다. 홍생은 쓸쓸하고도 슬펐으며 숙연하고도 두려워졌다. 마음이 서글퍼져서 더 이상 머물러 있을 수가 없었다. 돌아와 배에 올라탔는데도 우울하고 답답하였다. 어제 놀던 강 언덕으로 갔더니 친구들이 다투어 물었다.

"어제 저녁에는 어디서 자고 왔는가?"

홍생은 속여서 말하였다.

"어젯밤에는 낚싯대를 메고 달빛을 따라 장경문 밖 조천석 기슭까지 가서 좋은 고기를 낚으려고 하였지. 그런데 마침 밤 날씨가 서늘해서 물이 차가워져, 붕어 한 마리도 낚지 못하였다네. 얼마나 안타까웠던지."

친구들도 그 말을 의심하지 않았다.

그 뒤에 홍생은 그 여인을 연모하다가 병을 얻어 쇠약해진 몸으로 자기 집에 돌아왔지만, 정신이 황홀하고 헛소리가 많아졌다. 병상에 누운 지가 오래되었지만 조금도 차도가 없었다.

홍생이 어느 날 꿈을 꾸었는데, 엷게 단장한 미인이 나타나서 말하였다.

"우리 아가씨께서 선비님의 이야기를 옥황상제께 아뢰었더니 상제께서 선비님의 재주를 사랑하시어, 견우성 막하(幕下)에 붙여 종사관으로 삼으셨습니다. 옥황상제께서 선비님께 명하셨으니 어찌 피하겠습니까?"

홍생은 놀라서 꿈을 깨었다. 집안사람을 시켜서 자기 몸을 목욕시키고 옷을 갈아입히게 하였다. 향을 태우고 땅을 쓴 뒤에 뜰에 자리를 펴게 하였다. 그는 턱을 괴고 잠깐 누웠다가 문득 세상을 떠났는데, 바로 구월 보름날이었다. 그의 시체를 빈소에 모셨는데, 며칠이 지나도 얼굴빛이 변하지 않았다. 사람들은 '홍생이 신선을 만나서 시해(尸害)된 것이다.'라고 하였다.

남염부주지 (南炎浮洲志)

　　성화(成化) 초년에 경주에 박생이란 사람이 살고 있었다. 그는 유학에 뜻을 두고 언제나 자신을 격려하였다. 일찍부터 태학관(太學館)에서 공부하였지만, 한 번도 시험에 합격하지는 못하였다. 그래서 언제나 불쾌한 감정을 품고 지냈다.

　　그는 뜻과 기상이 고매하여 세력을 보고도 굽히지 않았으므로 남들은 그를 거만하다고 생각하였다. 그러나 남들과 만나거나 이야기할 때에는 온순하고 순박하였으므로 마을 사람들이 모두 그를 칭찬하였다.

　　박생을 일찍부터 부도(浮圖, 불교), 무격, 귀신 등의 이야기에 대하여 의심을 품고 있었지만, 어떠한 결정을 내리지는 못하였다. 그러다가 《중용》과 《주역》을 읽은 뒤부터는 자기의 생각에 대하여 자신을 가지고 더 이상 의심하지 않게 되었다.

그러나 그의 성품이 순박하고도 온후하였으므로 스님들과도 잘 사귀었는데, 한유와 태전의 사이나 유종원과 손상인의 사이처럼 가까운 이들도 두세 사람 있었다.

스님들도 또한 그를 문사로서 사귀었다. 혜원이 종병, 뇌차종과 사귀었던 것처럼 지둔이 왕탄지, 사안과 사귀었던 것처럼 막역한 벗이 많았다.

박생이 어느 날 한 스님에게 천당과 지옥의 설에 대하여 묻다가, 다시 의심이 생겨서 말하였다.

"하늘과 땅에는 하나의 음(陰)과 양(陽)이 있을 뿐인데, 어찌 이 하늘과 땅 밖에 또 다른 하늘과 땅이 있겠습니까? 그것은 반드시 잘못된 이야기입니다."

그가 다시 스님에게 물었더니, 스님도 또한 결정적으로 대답하지는 못하였다. '죄와 복은 지은 데 따라서 응보가 있다.'는 설로써 대답하였다. 박생은 역시 마음속으로 받아들이지 못하였다.

박생은 일찍이 〈일리론(一理論)〉이란 논문을 지어서 자신을 깨우쳤는데, 이는 이단(불교)의 유혹에 빠지지 않기 위해서였다. 그 요지는 다음과 같았다.

내가 일찍이 옛 사람의 말을 들으니, '천하의 이치는 한 가지가 있을 뿐이다.'라고 하였다. '한 가지'란 무엇인가? '천성'을 말한다. '천성'이란 무엇인가? '하늘로부터 주어진 것'이다. 하늘이 음양(陰陽)과 오행(五行)으로써 만물을 만들 때에 기(氣)로써 형체를 이루었는데, 이도 또한 타고나게 되었다. 이치라고 하는 것은 일용 사물에서 각각 조리를 가지는 것이다. 예를 들면, 아버지와 아들 사이에는 사랑을 다하여야 하고, 임금과 신하 사이에는 의리를 다하여야 하며, 남편과 아내, 어른과 아이 사이에도 각기 당연히 행하여야 할 길이 있음을 말하였다. 이것이 바로 '도(道)'이다. 우리 마음속에 이 이치가 갖추어져 있는 것이다. 이 이치를 따르면 어디를 가더라도 불안하지 않지만, 이 이치를 거슬러서 천성을 어긴다면 재앙이 미치게 될 것이다. '궁리진성(窮理盡性)'은 이 이치를 연구하는 일이고, '격물치지(格物致知)'도 이 이치를 연구하는 일이다. 사람은 날 때부터 모두 이 마음을 가졌으며, 또한 이 천성을 갖추었다. 천하의 사물에도 또한 이 이치가 모두 있다. 허령(虛靈)한 마음으로써 천성의 자연을 따라 만물에 나아가 이치를 연구하고, 일마다 근원을 추구하여 그 극치에 이르게 된다면, 천하의 이치가 모두 나타나 분명해질 것이며, 이치의 지극함이 마음속에 모두 벌여질 것이다.

이러한 방법으로 추구하여 본다면 천하와 국가에서 일어나는 일들이 모두 여기에 포괄되고 해당될 것이니, 천지 사이에 참여하더라도 어긋남이 없을 것이다. 또 귀신에게 질문하더라도 미혹되지 않을 것이며, 오랜 세월을 지나더라도 없어지지 않을 것이다. 유학자가 할 일은 오직 이에서 그칠 뿐이다. 천하에 어찌 두 가지의 이치가 있겠는가? 저 이단의 말을 나는 믿지 않는다.

하루는 박생이 자기 거실에서 등불을 돋우고 《주역》을 읽다가 베개를 괴고 언뜻 잠이 들었는데, 홀연히 한 나라에 이르고 보니 바로 바닷속의 한 섬이었다.

그 땅에는 본래 풀이나 나무가 없었고, 모래나 자갈도 없었다. 발에 밟히는 것이라고는 모두 구리가 아니면 쇠였다. 낮에는 사나운 불길이 하늘까지 뻗쳐 땅덩이가 녹아내리는 듯하였고, 밤에는 싸늘한 바람이 서쪽에서 불어와 사람의 살과 뼈를 에는 듯하였다. 타파를 견딜 수가 없었다.

바닷가에는 쇠 벼랑이 성처럼 둘러싸여 있었는데, 굳게 잠긴 성문 하나가 덩그렇게 서 있었다. 수문장은 물어뜯을 것 같은 영악한 자세로 창과 쇠몽둥이를 쥐고 외물(外物)을 막고 서 있었다.

그 가운데 거주하는 백성들은 쇠로 지은 집에 살고 있었는데, 낮에는 피부가 불에 데어서 문드러지고 밤에는 얼어 터졌다. 오직 아침과 저녁에만 사람들이 꿈틀거리며 웃고 이야기하는 것 같았다. 별로 괴로워하는 것 같지는 않았다.

박생이 깜짝 놀라서 머뭇거리자, 수문장이 그를 불렀다. 박생은 당황하였지만 명을 어길 수 없어, 공손하게 다가갔다. 수문장이 창을 세우고 박생에게 물었다.

"그대는 어떤 사람이오?"

박생이 두려워 떨면서 대답하였다.

"저는 아무 나라에 사는 아무개인데, 세상 물정을 모르는 선비입니다. 감히 영관(靈官)을 모독하였으니 죄를 받는 것이 마땅하겠지만, 너그럽게 용서하여 주십시오."

박생이 엎드려 두세 번 절하며 당돌하게 찾아온 것을 사죄하자, 수문장이 말하였다.

"선비는 위협을 당하여도 굽히지 않는다고 하던데, 그대는 어찌 이처럼 지나치게 굽히시오? 우리들이 이치를 잘 아는 군자를 만나려 한 지가 오래되었소. 우리 임금께서 그대와 같은 군자를 한 번 만나서 동방 사람들에게 한 말씀을 전하려 하신다오. 잠깐만 앉아 계시면, 내가 곧 우리 임금께 아뢰겠소."

말을 마치자 수문장은 빠른 걸음으로 성안에 들어갔다. 얼마 뒤에 그가 나와서 말하였다.

"임금께서 그대를 편전(便殿)에서 만나시겠다니, 아무쪼록 정직한 말로 대답하시오. 위엄이 두렵다고 숨기면 안 되오. 우리나라 백성들이 올바른 길의 요지를 알게 하여 주시오."

말이 끝나자 검은 옷과 흰옷을 입은 두 동자가 손에 문서를 가지고 나왔다. 하나는 검은 문서에 푸른 글자로 썼고, 다른 하나는 흰 문서에 붉은 글자로 쓴 것이었다. 동자가 그 문서를 박생의 좌우에서 펴 보기에 들여다보았더니, 박생의 이름이 붉은 글자로 씌어져 있었다.

"현재 아무 나라 박 아무개는 이승에서 지은 죄가 없으므로 이 나라의 백성이 될 수 없다."

박생이 이 글을 보고 동자에게 물었다.

"나에게 이 문서를 보이는 것은 무슨 까닭이오?"

동자가 말하였다.

"검은 종이의 것은 악인의 명부이고, 흰 종이의 것은 선인의 명부입니다. 선인의 명부에 실린 사람은 임금께서 선비를 초빙하는 예로써 맞이하십니다. 악인의 명부에 실린 사람도 처벌하지는 않지만 노예로 대우하십니다. 임금께서 선비를 보시면 예를 극진히 하실 것입니다."

동자가 말을 마치더니, 그 명부를 가지고 들어갔다.

얼마 뒤에 바람을 타고 수레가 달려왔는데, 그 위에는 연좌(蓮座)가 설치되어 있었다. 예쁜 동자와 동녀가 불자(拂子)를 잡고 일산(日傘)을 들었으며, 무사와 나졸들이 창을 휘두르며 "물럿거라."고 외쳤다.

박생이 머리를 들고 멀리 바라보니 그 앞에 세 겹으로 된 철성(鐵城)이 있고, 높다란 궁궐이 금으로 된 산 아래 있었는데, 뜨거운 불꽃이 하늘까지 닿도록 이글거리며 타오르고 있었다. 길가에 다니는 사람들을 돌아보았더니, 불꽃 속에서 녹아내린 구리와 쇠를 마치 진흙이라도 밟듯이 밟으면서 다니고 있었다. 그러나 박생의 앞에 뻗은 길은 수십 걸음쯤 되어 보였는데, 숫돌같이 평탄하였으며 흘러내리는 쇳물이나 뜨거운 불도 없었다. 아마도 신통한 힘으로 이루어진 것 같았다.

왕성(王城)에 이르니 사방의 문이 활짝 열려 있었는데, 연못가에 있는 누각 모습이 하나같이 인간 세상의 것과 같았다. 아름다운 두 여인이 마중 나와서 절하더니, 모시고 들어갔다.

임금은 머리에 통천관(通天冠)을 쓰고 허리에는 문옥대(文玉帶)를 띠었으며, 손에는 규(珪)를 잡고 뜰아래까지 내려와서 맞이하였다. 박생이 땅에 엎드려 쳐다보지도 못하자, 임금이 말하였다.

"서로 사는 곳이 달라서 통제할 권리도 없을 뿐 아니라 이치에 통달한 선비를 어찌 위세로 굽히게 할 수가 있겠소?"

임금이 박생의 소매를 잡고 전각 위로 올라와 특별히 한 자리를 마련해 주었는데, 옥난간에 놓인 금으로 만든 자리였다. 자리를 잡자, 임금이 시자를 불러 차를 올리게 하였다. 박생이 곁눈질하여 보았더니, 차는 구리를 녹인 물이었고 과일은 쇠로 만든 알맹이였다.

박생은 놀랍고도 두려웠지만 피할 수가 없었으므로 그들이 어떻게 하나 보고만 있었다. 시자가 다과를 앞에 올려놓자, 향 그런 차와 맛있는 과일의 아름다운 향내가 온 전각에 퍼졌다. 차를 다 마시자 임금이 박생에게 말하였다.

"선비께선 이 땅이 어디인지 모르시겠지요. 속세에서 염부주(炎浮洲)라고 하는 곳입니다. 왕궁의 북쪽 산이 바로 옥초산(沃焦山)입니다. 이 섬은 하늘과 땅의 남쪽에 있으므로, 남염부주라고 부릅니다. '염부'라는 말은 불꽃이 활활 타서 언제나 공중에 떠 있기 때문에 불려진 이름이지요.

내 이름은 염마입니다. 불꽃이 내 몸을 휘감고 있기 때문에 그렇게 부르는 것이지요. 내가 이 땅의 임금이 된 지가 벌써 만여 년이나 되었습니다. 너무 오래 살다 보니 영통해져, 마음 가는 대로 하여도 신통하지 않음이 없고, 하고 싶은 대로 하여도 뜻대로 되지 않는 적이 없었습니다.

창힐이 글자를 만들 때에는 우리 백성을 보내어 울어 주었고, 석가가 부처가 될 때에는 우리 무리를 보내어 지켜 주었소. 그러나 삼황(三皇)·오제(五帝)와 주공·공자는 자기의 도를 지켰으므로, 나는 그 사이에 바로 설 수가 없었소."

박생이 물었다.

"주공과 공자와 석가는 어떤 사람들입니까?"

임금이 말하였다.

"주공과 공자는 중화(中華) 문물(文物) 가운데서 탄생한 성인이요, 석가는 서역(西域)의 간흉한 민족 가운데서 탄생한 성인입니다. 문물이 비록 개명하였다 하더라도 성품이 박잡(駁雜)한 사람도 있고 순수한 사람도 있으므로, 주공과 공자가 이들을 통솔하였습니다. 간흉한 민족이 비록 몽매하다고 하더라도 기질이 날카로운 사람도 있고 노둔한 사람도 있으므로, 석가가 이들을 일깨워 주었습니다.

주공과 공자의 가르침은 정도(正道)로써 사도(邪道)를 물리치는 일이었고, 석가의 법은 사도로써 사도를 물리치는 일이었습니다. 그러므로 정도로써 사도를 물리친 주공과 공자의 말씀은 정직하였고, 사도로써 사도를 물리친 석가의 말씀은 황탄하였습니다. 주공과 공자의 말씀은 정직하였으므로 군자들이 따르기가 쉬웠고, 석가의 말씀은 황탄하였으므로 소인들이 믿기

가 쉬웠던 것입니다.

그러나 지극한 경지에 이르면 모두 군자와 소인들로 하여금 마침내 바른 도리로 돌아가게 하는 것입니다. 세상을 의혹시키고 백성을 속여서 이도로써 그릇되게 하려는 것은 아닙니다."

박생이 또 물었다.

"귀신이란 어떤 것입니까?"

임금이 말하였다.

"'귀(鬼)'는 음(陰)의 영이고, '신(神)'은 양(陽)의 영입니다. 귀신은 대개 조화(造化)의 자취이고, 이기(理氣)의 양능(良能)입니다. 살아 있을 때에는 '인물'이라 하고 죽은 뒤에는 '귀신'이라 하지만, 그 이치는 다르지 않습니다."

박생이 말하였다.

"속세에서는 귀신에게 제사 지내는 예법이 있는데, 제사를 받는 귀신과 조화의 귀신은 다릅니까?"

"다르지 않습니다. 선비는 어찌 그것도 알지 못합니까? 옛 선비가 이르기를, '귀신은 형체도 없고 소리도 없다.'고 하였습니다. 그러나 물질이 끝나고 시작되는 것은 음양이 어울리고 흩어지는 데 따르는 것이고, 하늘과 땅에 제사 지내는 것은 음양의 조화를 존경하는 것이며, 산천에 제사 지내는 것은 기화(氣化)가 오르내리는 것을 보답하려는 것입니다. 조상께 제사 지내는 것은 근본에 보답하기 위한 것이고, 육신에게 제사 지내는 것은 재앙을 면하기 위해서입니다.

이러한 제사들은 모두 사람이 공경하는 마음을 가지게 하기 위해서 지냅니다. 이 귀신들이 형체가 있어서 인간에게 화와 복을 함부로 주는 것은 아닙니다. 그렇지만 사람들은 향불을 사르고 슬퍼하면서 마치 귀신이 옆에 있는 것처럼 지냅니다. 공자가 '귀신은 공경하면서도 멀리하라.'고 하신 말씀은 바로 이러한 태도를 일러 주신 것입니다."

박생이 말하였다.

"인간 세상에 여귀와 요매(妖魅)들이 나타나서 사람을 해치고 미혹시키는 일이 있는데, 이것도 또한 귀신이라고 말할 수 있습니까?"

임금이 말하였다.

"귀(鬼)는 굽힌다는 뜻이고, 신(神)은 편다는 뜻입니다. 굽히되 펼 줄 아는 것은 조화의 신이며, 굽히되 펼 줄 모르는 것은 울결(鬱結)된 요매(妖魅)들입니다. 조화의 신은 조화와 어울렸으므로 처음부터 끝까지 음양과 더불어 하며 자취가 없습니다. 그러나 요매들은 울결되었으므로 인물과 혼동되고 사람을 원망하며 형체를 가지고 있습니다.

산에 있는 요물을 초라 하고, 물에 있는 요물을 역이라 하며,

수석에 있는 요괴는 용망상(龍罔象)이라 하고, 목석에 있는 요괴는 기망량이라 합니다. 만물을 해치면 여라 하고, 만물을 괴롭히면 마(魔)라 하며, 만물에 붙어 있으면 요(妖)라 하고, 만물을 미혹시키면 매(魅)라 합니다. 이들이 모두 귀(鬼)들입니다.

음양 불측(不測)을 신(神)이라고 하니, 이게 바로 신입니다. 신이란 묘용(妙用)을 말하는 것이고, 귀(鬼)란 근본으로 돌아가는 것을 말합니다.

하늘과 사람은 한 이치이고, 드러난 것과 숨겨진 것에 간격이 없으니, 근본으로 돌아가는 것을 정(靜)이라 하고, 천명을 회복하는 것을 상(常)이라 합니다. 처음부터 끝까지 조화와 함께 하면서도 그 조화의 자취를 알 수 없는 것이 있느니, 이것을 바로 도(道)라고 합니다. 그래서 《중용》에서도 '귀신의 덕이 크다.'고 한 것입니다."

박생이 또 물었다.

"제가 일찍이 불자들에게서 '하늘 위에는 천당이라는 쾌락한 곳이 있고, 땅 아래에는 지옥이라는 고통스러운 곳이 있다.'고 들었습니다. 그리고 '명부(冥府)에 십왕(十王)을 배치하여 십팔옥(十八獄)의 죄인들을 다스린다.'고 들었습니다. 정말 그렇습니까?

또 '사람이 죽은 지 칠일 뒤에 부처님께 공양드리고 재를 베풀어 그 영혼을 추천하고, 대왕께 정성 드리며 지전(紙錢)을 사르면 지은 죄가 벗겨진다.'고 합니다. 간사하고 포악한 사람들도 임금께서는 너그럽게 용서하시겠습니까?"

임금이 깜짝 놀라면서 말하였다.

"나는 그런 말을 들은 적이 없습니다. 옛 사람이 말하기를, '한 번 음(陰)이 되고 한 번 양(陽)이 되는 것을 도(道)라고 한다. 한 번 열리고 한 번 닫히는 것을 변(變)이라고 한다. 낳고 또 낳음을 역(易)이라 하고, 망령됨이 없음을 성(性)이라고 한다.' 하였습니다. 사리가 이와 같은데 어찌 건곤(乾坤) 밖에 다시금 건곤(乾坤)이 있으며, 천지 밖에 다시금 천지가 있겠습니까?

임금이라 함은 만백성이 추대한 자를 말합니다. 삼대(三代) 이전에는 모든 백성의 군주를 다 임금이라 불렀고, 다른 이름으로는 부르지 않았습니다. 공자께서 《춘추》를 엮으실 때에 백세에 바꿀 수 없는 커다란 법을 세워, 주나라 왕실을 높여 천왕(天王)이라 하였습니다. 그러니 임금이라는 이름보다 더 높일 수는 없습니다.

그런데도 진나라 임금은 여섯 나라를 멸망시키고 천하를 통일한 뒤에, '나의 덕은 삼황(三皇)을 겸하고 공훈은 오제(五帝)보다도 높다.'고 하여, 임금이라는 칭호를 고쳐 황제(皇帝)라고 하였습니다.

당시에도 참람(僭濫)하게 임금이라고 일컬은 자들이 아주 많았으니, 위나라와 초나라 군주가 그러하였습니다. 그런 뒤부터 임금이라는 명분이 어지러워져서, 문왕·무왕·성왕·강왕의 존호(尊號)도 땅에 떨어지고 말았습니다. 게다가 인간 세상의 사람들은 아는 게 없어서 인정으로 서로 외람된 짓을 하니, 이런 것들은 말할 게 못 됩니다.

그러나 신의 세계에서는 존엄함을 숭상하니, 어찌 한 지역 안에 임금이 그와 같이 많겠습니까? 선비께선 '하늘에는 두 해가 없고 나라에는 두 임금이 없다.'는 말을 듣지 못하였습니까? 그러니 그런 말은 믿을 게 못 됩니다. 그러므로 재(齋)를 베풀어 영혼을 추천하고 대왕에게 제사 지낸 뒤에 지전(紙錢)을 사르는 짓을 왜 하는지, 나는 그 까닭을 알지 못하겠습니다. 선비께서 인간 세상의 거짓된 일들을 상세히 이야기하여 주십시오."

박생이 자리에서 물러나 옷자락을 여미고 말하였다.

"인간 세상에서는 어버이가 돌아가신 지 사십구일이 되면 지위가 높든지 낮든지 가리지 않고 상장(喪葬)의 예를 돌보지 않으며, 오로지 절에 가서 추천하는 것만 일삼습니다. 부자는 지나치게 많은 돈을 쓰면서 남이 듣고 보는 데에서 자랑하고, 가난한 사람도 논밭과 집을 팔고 돈과 곡식을 빌려서 종이를 아로새겨 깃발을 만들고 비단을 오려 꽃을 만들며, 여러 스님을 불러다 복전(福田)을 닦고 불상을 세우며 도사(導師)로 삼아 범패(梵唄)를 합니다. 그렇지만 새가 울고 쥐가 찍찍대는 것 같아서 무슨 말인지 알 수가 없습니다.

상주(喪主)는 아내와 자식들을 거느리고 친척과 벗들까지 불러들이므로 남녀가 뒤섞여서 똥오줌이 널려지게 되니, 정토(淨土)는 더러운 뒷간으로 바뀌고, 적량(寂場)은 시끄러운 시장 바닥으로 바뀌게 됩니다. 또 이르나 십왕상(十王像)을 모셔 놓고 음식을 갖추어 그들에게 제사 지내고, 지전(紙錢)을 불살라 죄를 속하게 합니다.

시왕이 예의를 돌보지 않고 탐욕스럽게 이를 받아야 하겠습니까? 아니면 그 법도를 살펴서 법에 따라 이들을 중하게 처벌해야 하겠습니까?

이것이 제게는 분통 터지는 일이었지만 차마 말하지 못하였습니다. 대왕께서는 저를 위하여 말씀해 주십시오."

임금이 말하였다.

"아아. 그렇게까지 되었구려. 사람이 이 세상에 태어날 때에 하늘은 어진 성품을 주셨으며, 땅은 곡식으로 길러 주었습니다. 임금은 법으로 다스리고, 스승은 도의를 가르쳤으며, 어버이는 은혜로 길러 주었습니다. 이로 말미암아 오전(五典)이 차례가 있고 삼강(三綱)이 문란하지 않게 되었으니, 이를 잘 따르면 상서로운 일이 생기고, 이를 거스르면 재앙이 옵니다. 상서와 재앙은 사람이 받기에 달려 있을 뿐입니다.

사람이 죽으면 정신과 기운은 이미 흩어져, 영혼은 하늘로 올라가고 몸뚱이는 땅으로 내려와 근본으로 돌아가는데, 어찌 다시 어두운 저승 속에 머물러 있겠습니까? 또 원한을 없애지 못하였으므로 그 기운을 펴지 못해, 싸움터였던 모래밭에서 시끄럽게 울기도 하고, 목숨을 잃어 원한 맺힌 집에서 처량하게 울기도 합니다.

그들은 무당에게 부탁해서 사정을 통해 보기도 하고, 어떤 사람에게 의지하여 원망해 보기도 하는데, 비록 정신이 그 당시에는 흩어지지 않는다고 하더라도 결국에는 다 없어지고 말게 됩니다. 그들이라고 해서 어찌 명부에 잠깐 형체를 나타내서 지옥의 벌을 받겠습니까?

이런 일은 사물의 이치를 연구하는 군자가 마땅히 짐작할 수 있는 일입니다. 그러나 부처님께 재를 올리고 시왕에게 제사 지내는 일은 더욱 허탄합니다. 또 '재(齋)'란 정결하게 한다는 뜻인데, 그렇게 되면 부정한 일을 정결하게 해서 정결됨을 이루는 셈입니다.

부처님은 청정(淸淨)하다는 뜻이고, 임금은 존엄하다는 칭호입니다. 임금이 수레를 요구하고 금을 요구한 일은 《춘추》에서 비판받았고, 불공드릴 때에 돈을 사용하고 명주를 사용한 일은 한나라나 위나라 때에 와서 시작되었습니다. 어찌 청정한 신이 인간 세상의 공양을 받고, 존엄한 임금이 죄인의 뇌물을 받으며, 저승의 귀신이 인간 세상의 형벌을 용서하겠습니까? 이것도 또한 이치를 연구하는 선비가 마땅히 생각해 보아야 할 일입니다."

박생이 또 물었다.

"사람이 윤회(輪廻)를 그치지 않고, 이승에서 죽으면 저승에서 산다는 뜻을 설명해 주시겠습니까?"

임금이 말하였다.

"정령이 흩어지지 않았을 때에는 윤회가 있을 듯하지만, 오래되면 흩어져 소멸되지요."

박생이 말하였다.

"임금께서는 무슨 인연으로 이 이역(異域)에서 임금이 되셨습니까?"

임금이 말하였다.

"나는 인간 세상에 있을 때에 나라에 충성을 다하며 힘내어 도적을 토벌하였습니다. 그러고는 스스로 맹세하기를 '죽은 뒤에도 마땅히 여귀가 되어 도적을 죽이리라.'고 하였습니다. 그런데 죽은 뒤에도 그 소원이 남아 있고 충성심이 사라지지 않았기 때문에, 이 흉악한 곳에 와서 임금이 된 것이지요.

지금 이 땅에 살면서 나를 우러러보는 자들은 모두 전세에 부모나 임금을 죽인 시역(弒逆)이거나 간흉(奸凶)들입니다. 이들은 이곳에 의지해 살면서 내게 통제를 받아 그릇된 마음을 고치려 하고 있습니다. 그러나 정직하고 사심 없는 사람이 아니면 하루도 이곳에서 임금 노릇을 할 수가 없습니다.

내가 들으니 그대는 정직하고도 뜻이 굳어서 인간 세상에 있으면서 지조를 굽히지 않았다고 하니, 참으로 달인(達人)입니다. 그런데도 그 뜻을 세상에 한 번도 펴 보지 못하였으니, 마치 현산의 옥덩이가 티끌 덮인 벌판에 내버려지고 밝은 달이 깊은 못에 잠긴 것과도 같습니다. 뛰어난 장인을 만나지 못하면 누가 지극한 보물을 알아보겠습니까? 이 어찌 안타깝지 않습니까?

나는 시운이 이미 다하여 장차 이 자리를 떠나야 합니다. 그대도 또한 명수(命數)가 이미 다하였으므로, 곧 인간 세상을 떠나야 합니다. 그러니 이 나라를 맡아 다스릴 분이 그대가 아니면 누구겠습니까?"

그러고는 잔치를 열어 극진히 즐겁게 하여 주었다.

임금이 박생에게 삼한(三韓)이 흥하고 망한 자취를 물었더니, 박생이 하나하나 이야기하였다.

고려가 창업한 이야기에 이르자, 임금이 두세 번이나 탄식하며 서글퍼하더니 말하였다.

"나라를 다스리는 이가 폭력으로 백성을 위협하여서는 안 됩니다. 백성들이 두려워 따르는 것 같지만, 마음속으로는 반역할 뜻을 품고 있습니다. 날이 가고 달이 가면 커다란 재앙이 일어나게 됩니다. 덕이 있는 사람은 힘을 가지고 임금 자리에 나아가지 않습니다. 하늘이 비록 임금이 되라고 간곡하게 말하는 것은 아니지만, 그가 올바르게 일하는 모습을 백성들에게 보여 백성들의 뜻에 의하여 임금이 되게 합니다.

상제(上帝)의 명은 엄합니다. 나라는 백성의 나라이고, 명령은 하늘의 명령입니다. 그런데 천명이 떠나가고 민심이 떠나가면, 임금이 비록 제 몸을 보전하려고 하더라도 어찌 되겠습니까?"

박생이 또 역대의 제왕들이 이도(異道)를 숭상하다가 재앙 입은 이야기를 하자, 임금이 문득 이맛살을 찌푸리며 말하였다.

"백성들이 임금의 덕을 노래하는데도 큰물과 가뭄이 닥치는 것은 하늘이 임금으로 하여금 일을 삼가라고 경고하는 것입니다. 백성들이 임금을 원망하는데도 상서로운 일이 나타나는 것은 요괴가 임금에게 아첨하여 더욱 교만 방자하게 만드는 것입니다.

제왕들에게 상서로운 일이 나타났다고 해서 백성들이 편안

해질 수 있겠습니까? 원통하다고 말할 수 있겠습니까?"

박생이 말하였다.

"간신이 벌 떼처럼 일어나 큰 난리가 자주 생기는 데도 임금이 백성들을 위협하며 잘 한 일이라 생각하고 명예를 구하려 한다면, 그 나라가 어찌 평안할 수 있겠습니까?"

임금이 한참 있다가 탄식하며 말하였다.

"그대의 말씀이 옳습니다."

잔치가 끝나자 임금이 박생에게 임금 자리를 물려주기 위하여 손수 선위문(禪位文)을 지었다.

염주의 땅은 실로 풍토병이 생기는 곳이므로, 우(禹)임금의 발자취도 이르지 못하였고, 목왕(穆王)의 준마도 오지 못하였다. 붉은 구름이 해를 가리고 독한 안개가 하늘을 막고 있으며, 목이 마르면 뜨거운 구리물을 마셔야 하고 배가 고프면 불에 쪼인 뜨거운 쇳덩이를 먹어야 한다. 야차(夜叉)나 나찰(羅刹)이 아니면 발붙일 곳이 없고, 도깨비가 아니면 그 기운을 펼 수가 없는 곳이다. 화성이 천 리나 뻗어 있고 철산이 만 겹이나 둘린 데다, 민속이 강하고 사나워서, 정직하지 않으면 그 간사함을 판단할 수가 없다. 지세도 굴곡이 심해 험준하니, 신통한 위엄이 아니면 이들을 교화시킬 수가 없다. 아아, 동쪽 나라에서 온 그대 박 아무개는 정직하고 사심이 없으며, 강직하고 과단성이 있다. 남을 포용하는 자질을 갖추고 있으며, 어리석은 자를 계발하는 재주도 지니고 있다. 인간 세상에 살아 있을 때에는 비록 현달하지 못하였지만, 죽은 뒤에는 기강을 바로잡을 수 있을 것이다. 모든 백성이 길게 믿고 의지할 자가 그대가 아니고 누구이겠는가? 마땅히 도덕으로 인도하고 예법으로 정체하여 백성들을 지극히 착하게 만들라. 몸소 실천하고 마음으로 깨달아 세상을 태평하게 만들라. 하늘을 본받아 뜻을 세우고, 요임금이 순임금에게 임금 자리를 물려주었던 일을 본받아 나도 이 자리를 그대에게 물려주겠다. 아아, 그대는 삼가 받을지어다.

박생이 이 글을 받아들고 응낙한 뒤에, 두 번 절하고 물러 나왔다. 임금은 다시 신하와 백성들에게 명령을 내려 축하드리게 하고, 태자의 예절로써 그를 전송하게 하였다. 그러고는 박생에게 말하였다.

"머지않아 다시 돌아오셔야 하오. 이번에 가거든 수고롭지만 내가 한 말들을 전하여 인간 세상에 널리 퍼뜨리시오. 황당한 일을 다 없애 주시오."

박생이 또 두 번 절하여 감사드리고 말하였다.

"만 분의 하나라도 그 뜻을 널리 전하겠습니다."

박생이 문을 나서자, 수레를 끄는 자가 발을 헛디뎌 수레바퀴가 넘어졌다. 그 바람에 박생도 땅에 쓰러졌다. 깜짝 놀라서 일어나 깨어 보니 한바탕 꿈이었다.

　눈을 떠 보니 책은 책상 위에 내던져져 있었고, 등잔불은 가물거리고 있었다. 박생은 한참 의아하게 여기다, 곧 죽을 것을 알게 되었다. 그래서 날마다 집안일을 정리하기에 전념하였다.

　박생이 몇 달 뒤에 병에 걸렸는데, 결코 일어나지 못할 것을 스스로 알았다. 그래서 의원과 무당을 사절하고 세상을 떠났다.

　그가 세상을 떠나려던 날 저녁에 이웃집 사람의 꿈에 어떤 신인이 나타나서 말하길,

　"네 이웃집 아무개가 장차 염라대왕이 될 것이다."

라고 하였다 한다.

용궁부연록(龍宮赴宴錄)

　　개성에 천마산이 있는데, 그 산이 공중에 높이 솟아 가파르므로 '천마산(天磨山)'이라 불리게 되었다.

　　그 산 가운데 용추(龍湫)가 있으니 그 이름을 박연(朴淵)이라 하였다. 그 못은 좁으면서도 깊어서 몇 길이나 되는지 알 수가 없었다. 물이 넘쳐서 폭포가 되었는데, 그 높이가 백여 길은 되어 보였다. 경치가 맑고도 아름다워서 놀러 다니는 스님이나 나그네들이 반드시 이곳을 구경하였다.

　　옛날부터 이곳에 용신이 살고 있다는 전설이 전기에 실려 있어서, 나라에서 세시(歲時)가 되면 커다란 소를 잡아 용신에게 제사 지내게 하였다.

고려 때에 한생이 살고 있었는데, 젊어서부터 글을 잘 지어 조정에까지 알려지고 문사(文士)로 평판이 있었다. 하루는 한생이 거실에서 해가 저물 무렵에 편안히 앉아 있었는데, 홀연히 푸른 저고리를 입고 복두(幞頭)를 쓴 낭관(郎官) 두 사람이 공중으로부터 내려왔다. 그들이 뜨락에 엎드려 말하였다.

"박연에 계신 용왕님께서 모셔 오라고 하셨습니다."

한생이 깜짝 놀라 얼굴빛이 변해지면서 말하였다.

"신과 인간 사이에는 길이 막혀 있는데, 어찌 서로 통할 수 있겠소? 더군다나 수부(水府)는 길이 아득하고 물결이 사나우니, 어찌 갈 수가 있겠소?"

두 사람이 말하였다.

"준마를 문 앞에 대기시켰으니, 사양하지 마시기 바랍니다."

그들이 몸을 굽혀 한생의 소매를 잡고 문밖으로 나서자, 말한 마리가 있었다. 금안장 옥굴레에 누런 비단으로 배띠를 둘렀으며, 날개가 돋쳐 있었다. 종자들은 모두 붉은 수건으로 이마를 싸매고 비단 바지를 입었는데, 열댓 명이나 되었다.

종자들이 한생을 부축하여 말 위에 태우자, 일산을 든 사람이 앞에서 인도하고 기생과 악공들이 뒤를 따랐다. 그 두 사람도 홀(笏)을 잡고 따라왔다. 그 말이 공중으로 올라가 날아가자, 발아래에는 구름이 뭉게뭉게 이는 것만 보였다. 땅 아래 있는 것

은 보이지 않았다.

그들은 눈 깜짝할 사이에 이미 용궁 문 앞에 이르렀다. 말에서 내려서자 문지기들이 모두 방게, 새우, 자라의 갑옷을 입고 창을 들고 늘어섰는데, 그들의 눈자위가 한 치나 되었다. 한생을 보고 모두 머리를 숙여 절하고는 의자를 내어 주며 쉬라고 하였는데, 미리부터 기다리고 있었던 것 같았다.

두 사람이 재빠르게 안으로 들어가서 아뢰자, 곧바로 푸른 옷을 입은 동자 둘이 나와서 손을 마주 잡고 한생을 인도하여 안으로 들어가게 하였다. 한생이 천천히 걸어가다가 궁문을 쳐다보았더니, 현판에 '함인지문(咸仁之門)'이라 씌어 있었다.

한생이 그 문에 들어서자 용왕이 절운관(切雲冠)을 쓰고 칼을 차고 홀을 쥐고서 뜰 아래로 내려왔다. 한생을 맞이하여 섬돌을 거쳐 궁전에 올라앉기를 청하니, 수정궁 안에 있는 백옥상(白玉牀)이었다. 한생이 엎드려 굳이 사양하며 말하였다.

"하토(下土)의 어리석은 백성은 초목과 한가지로 썩을 몸인데, 어찌 위엄을 헤아리지 않고 외람되게 융숭한 대접을 받겠습니까?"

용왕이 말하였다.

"오랫동안 선생의 명성을 듣다가 이제야 높으신 얼굴을 뵙게 되었습니다. 이상하게 생각하지는 마십시오."

용왕이 손을 내밀어 앉기를 청하였다. 한생은 서너 번 사양한 뒤에 자리로 올라갔다. 용왕은 남쪽을 향하여 칠보화상(七寶華牀)에 앉고, 한생은 서쪽을 향하여 앉으려고 하였다. 한생이 채 앉기도 전에 문지기가 아뢰었다.

"손님이 오셨습니다."

용왕은 문밖으로 나가서 맞이하였다. 세 사람이 보였는데, 붉은 도포를 입고 채색 수레를 탄 그의 위의(威儀)와 시종들을 보아서 임금의 행차 같았다.

용왕이 또 그들도 궁전 위로 안내하였다. 한생은 들창 아래에 숨었다가 그들이 자리를 정한 뒤에 인사를 청하려 하였다. 그런데 용왕이 그들 세 사람에게 권하여 동쪽을 향하여 앉힌 뒤에 말하였다.

"마침 양계(兩界)에 계신 문사 한 분을 모셨으니, 여러분은 서로 이상하게 생각하지 마십시오."

용왕이 좌우의 사람들을 시켜 한생을 모셔오게 하였다. 한생이 빨리 나아가 절하자, 그들도 모두 머리를 숙이고 답례하였다. 한생이 윗자리에 앉기를 사양하면서 말하였다.

"존귀하신 신들께서는 귀중한 몸이지만, 저는 한갓 빈한한 선비일 뿐입니다. 그러니 어찌 높은 자리를 감당하겠습니까?"

한생이 굳이 사양하자 그들이 말하였다.

"우리와 선생은 음양(陰陽)의 길이 달라서 서로 통제할 권리가 없습니다. 용왕께서 위엄이 있으신 데다 사람을 보는 눈도 밝으시니, 그대는 반드시 인간 세상에서 문장의 대가일 것입니다. 용왕의 명이니 거절하지 마십시오."

용왕도 말하였다.

"앉으시지요."

세 사람이 한꺼번에 자리에 앉자, 한생도 몸을 굽히며 올라가서 자리 끝에 꿇어앉았다. 용왕이 말하였다.

"편히 앉으시지요."

다들 자리에 앉아 찻잔을 한차례 돌린 뒤에 용왕이 한생에게 말하였다.

"과인은 오직 딸 하나를 두었을 뿐인데, 이미 시집보낼 나이가 되었습니다. 장차 알맞은 사람과 혼례를 치르려고 하지만, 우리가 사는 집이 누추하여 사위를 맞이할 집도 없고, 화촉을 밝힐 만한 방도 없습니다. 그래서 따로 별당 한 채를 지어 가회각(佳會閣)이라 이름 붙일까 합니다.

공장도 이미 모았고, 목재와 석재도 다 갖추었습니다. 아직 없는 것이라고는 상량문(上樑文)뿐입니다. 소문에 들으니 선생의 이름이 삼한(三韓)에 널리 알려졌으며 글 솜씨가 백가에 으뜸이라고 하므로, 특별히 멀리서 모셔 온 것입니다. 과인을 위하여 상량문을 지어 주시면 다행이겠습니다."

그 말이 미처 끝나기도 전에 두 아이가 들어왔다. 한 아이는 푸른 옥돌벼루와 상강(湘江)의 반죽(斑竹)으로 만든 붓을 받들었으며, 한 아이는 흰 명주 한 폭을 받들었다. 그들이 한생 앞에 꿇어앉아 바쳤다.

한생이 고개를 숙이고 엎드렸다가 일어나 붓에 먹물을 찍어서 곧바로 상량문을 지어내었다. 그 글씨는 구름과 연기가 서로 얽힌 듯하였다. 그 글은 이러하였다.

삼가 생각하건대 천지 안에서는 용신이 가장 신령스럽고, 인물 사이에는 배필이 가장 중하다. 용왕께서 이미 만물을 윤택하게 하신 공로가 있으니, 어찌 복 받을 터전이 없으랴? 그러므로 '관저호구(關雎好逑)'는 만물이 조화되는 시초를 나타낸 것이며, '비룡이견(飛龍利見)'은 신령스런 변화의 자취를 나타낸 것이다.

이에 새로 아방궁(阿房宮)을 지어 아름다운 이름을 높이 붙였다. 자라를 불러 힘을 내게 하고, 조개를 모아 재목을 삼았으며, 수정과 산호로 기둥을 세웠다. 용골(龍骨)과 낭간으로 들보를 걸었으니, 주렴을 걷으면 산이 높이 푸르렀고, 백옥 들창을 열면 골짜기에 구름이 둘려 있다. 이곳에서 가족이 화합

하여 만년토록 복을 누릴 것이며, 부부가 화락하여 금지(金枝)가 억대에 뻗치리라. 용왕께서는 풍운(風雲)의 변화를 돕고 조화의 공덕을 나타내어, 높은 하늘에 오를 때에나 깊은 못에 있을 때에나 백성들의 목마름을 씻어 주고 상제의 어진 마음을 도와주었다. 그 기세가 천지에 떨치고 위덕이 원근에 흡족하여, 검은 거북과 붉은 잉어는 뛰놀며 소리치고, 나무귀신과 산도깨비도 차례로 와서 축하한다. 마땅히 짧은 노래를 지어 대들보에 걸어 두리라.

들보 동쪽으로 떡을 던지네.
울긋불긋 높은 산이 저 푸른 하늘을 버티었네.
하룻밤 우레 소리가 시냇가를 뒤흔들어도
만 길 푸른 벼랑에는 구슬 빛이 영롱해라.

들보 서쪽으로 떡을 던지네.
바위 안고 도는 길에서 멧새들이 우짖네.
맑고 깊은 저 용추는 몇 길이나 되려나.
한 이랑 봄 물결이 유리처럼 맑아라.

들보 남쪽으로 떡을 던지네.

십 리 솔숲에 푸른 노을이 비꼈구나.

굉장한 저 신궁을 그 누가 알려나.

푸른 유리 밑바닥에 그림자만 잠겼구나.

들보 북쪽으로 떡을 던지네.

아침 햇살 처음 오르니 못물이 거울 같아라.

흰 비단 삼백 길이 공중에 가로 걸려

하늘 위 은하수가 이곳에 떨어졌나.

들보 위로 떡을 던지네.

흰 무지개 어루만지며 창공에서 노니누나.

발해와 부상(扶桑)이 천만 리나 되지만

인간 세상 돌아보니 손바닥과 한가지일세.

들보 아래도 떡을 던지네.

가련해라. 봄밭에 아지랑이가 오르는구나.

신령스런 물 한 방울 이곳에서 가져다가

온 누리에 단비 삼아 뿌려들 보소.

바라건대 이 집을 이룩한 뒤에 화촉의 밤을 맞이하여 만복이 함께 이르고, 온갖 상서가 모여들진저. 요궁(瑤宮)과 옥전(玉殿)에는 상서로운 구름이 찬란하고, 봉황 베개와 원앙 이불에는 즐거운 소리가 들끓게 되어, 그 덕이 나타나고 그 신령이 빛나게 될진저.

한생이 글을 다 써서 용왕에게 바치자, 용왕이 크게 기뻐하였다. 이내 세 신에게 돌려 보이자, 세 신도 모두 떠들썩하게 탄복하며 칭찬하였다.

이에 용왕이 윤필연(潤筆宴)을 열자, 한생이 꿇어앉아서 말하였다.

"존귀한 신들께서 모두 모이셨는데, 아직 높으신 이름을 묻지 못하였습니다."

용왕이 말하였다.

"선생은 양계의 사람이라 응당 모를 것입니다. 첫째 분은 조강신(祖江神)이고, 둘째 분은 낙하신(洛河神)이며, 셋째 분은 벽란신(碧瀾神)입니다. 우리가 선생과 함께 놀아 볼까 하여 초대한 것이지요."

곧 술을 권하고 풍류를 시작하자, 미인 열댓 명이 푸른 소매를 흔들며 머리 위에 구슬 꽃을 꽂고 나왔다. 앞으로 나왔다가 뒤로 물러났다가 춤을 추면서 '벽담곡(碧潭曲)' 한 가락을 불렀는데, 그 가사는 이러하였다.

푸른 뫼는 창창하고 푸른 못은 출렁거리네.

흩날리는 폭포수는 우렁차게 하늘 위 은하수까지 닿았구나.

저 가운데 계신 님이여, 환패(環佩) 소리 쟁쟁하여라.

그 위풍 빛나는 데다 그 모습까지 뛰어나셔라.

좋은 시절 길한 날에 봉황새까지 울음 우는데,

날아가는 듯이 좋은 집 지었으니 상서롭고도 신령스러워라.

문사를 모셔다가 상량문을 지어서 높은 덕을 노래하며 대들 보를 올리네.

향내 나는 술을 부어 술잔을 돌리고 제비처럼 가볍게 봄볕을 밟으며 노니네.

짐승 모양 향로에선 상서로운 향내를 뿜어내고 돌솥에선 옥 미음이 끓고 있는데,

목어(木魚)를 둥둥 치고 용적(龍笛) 불며 행진하네.

높이 앉으신 신이여 지극한 덕을 잊지 못하리라.

춤이 끝나자 다시 총각 열댓 명이 왼손에는 피리를 잡고 오른 손에는 일산을 들고 서로 돌아보면서 '회풍곡(回風曲)' 한 가락을 불렀다.

그 가사는 이렇다.

높은 언덕에 계신 님은 향초 덩굴로 옷 입으셨네.

날 저물어 물결 일렁이니 가는 무늬 비단 같아라.

바람에 나부껴 귀밑털이 헝클어지고 구름이 피어올라 옷자락 너울거리네.

느긋하게 빙빙 돌다가 예쁘게 웃으며 마주치네.

내 입던 홑옷은 여울 위에 던져두고 내 찼던 가락지도 모래밭에 빼어 놓았네.

금잔디에 이슬 젖고 높은 산에 내가 아득한데,

높고 낮은 자 봉우리 멀리서 바라보니 마치 강물 위에 푸른 소라와 비슷해라.

이따금 치는 징 소리에 나풀거리며 취해 춤추네.

강물처럼 술이 많고 언덕처럼 고기도 쌓였어라.

손님이 이미 취하셨으니 새 노래를 불러 보세나.

서로 잡고 서로 끌다가 서로 치며 껄껄 웃네.

옥술 병을 두드리며 마음껏 마셨더니 맑은 흥취 다하면서 슬픈 마음이 절로 나네.

춤이 끝나자 용왕이 기뻐하였다. 술잔을 씻어 다시금 술을 붓고 한생에게 권하였다. 스스로 옥으로 만든 용적을 불면서 '수룡음(水龍吟)' 한 가락을 노래하여 즐거운 흥취를 도왔다.

그 가사는 이러하였다.

풍류 소리 가운데 술잔을 돌리니
기린 모양의 향로에선 용뇌 향기를 뿜어내네.
옥피리를 비껴 쥐고 한 소리 불자
하늘 위의 푸른 구름은 씻은 듯 사라졌네.
소리가 물결치더니 가락은 풍월로 바뀌었네.
경치는 한가한 인생은 늙어 가니
살같이 빠른 광음이 애달프기만 하여라.
풍류도 꿈이려니 기쁨이 다하면 시름만 생기네.
서산에 끼인 내가 이제 막 흩어지자
동산에 둥근 달이 기쁘게도 찾아오네.
술잔을 높이 들어
푸른 하늘의 달에게 물어보세.
추한 모습 고운 모습을 몇 번이나 보아 왔던가.
술잔에 술 가득한데 옥산이 무너졌으니
그 누가 넘어뜨렸나 아름다운 우리 님을,
십 년이 다하도록 근심 걱정일랑 잊어버리고

푸른 하늘 높은 곳에 유쾌히 오르세나.

용왕이 노래를 마치고는 좌우를 둘러보면서 말하였다.

"우리나라의 놀음은 인간 세상의 것과 같지 않으니, 그대들은 귀한 손님을 위하여 솜씨를 보이라."

그러자 한 사람이 나타났는데, 자칭 곽개사(郭介士)라고 하였다. 발을 들어 옆으로 걸으면서 나와 말하였다.

"저는 바위틈에 숨어 사는 선비요. 모래 구멍에 사는 한가한 사람입니다. 팔월에 바람이 맑으면 동해 바닷가에 가서 벼 까끄라기를 실어 나르고, 구월 하늘에 구름이 흩어지면 남정성(南井星)의 곁에서 빛을 머금기도 하였지요. 속은 누렇고 겉은 둥글며, 단단한 갑옷을 입고 날카로운 창을 가졌지요.

늘 손발을 잘려서 솥에 들어갔으며, 비록 정수리를 갈리면서도 사람을 이롭게 하였습니다. 맛과 풍류도 장사들의 얼굴을 기쁘게 하였으며, 곽삭(郭索)한 꼴로 부인들에게 웃음을 끼치기도 하였지요.

조나라 왕윤은 물속에서 만나도 저를 미워하였지만, 전곤은 지방에 나가 있으면서도 저를 생각하였습니다. 제가 죽어서는 필이부의 손에 들어갔지만, 한진공의 붓에 의해서 초상이 이루어졌습니다. 오늘 이러한 마당을 만나 놀게 되었으니, 마땅히

다리를 틀어 춤을 추어 보겠습니다."

곽개사는 곧 그 앞에서 갑옷을 입고 창을 잡아 쥐었으며, 침을 흘리고 눈을 부릅떴다. 눈동자를 돌리며 팔다리를 흔들더니, 재빠르게 앞으로 나아갔다 뒤로 물러서며 팔풍무(八風舞)를 추었다. 그와 같은 무리 몇 십 명도 땅에 엎드려 고개를 숙이고 돌면서 절도 있게 춤을 추었다.

곽개사가 이내 노래를 지어 불렀다.

강과 바다에 몸을 붙여 구멍 속에 살지언정
기운을 토하면 범과도 다툰다네.
이 몸이 구 척이니 나라님께도 진상하고
겨레가 열 갈래니 이름도 많다네.
거룩하신 용왕님의 기쁜 잔치에 참석하여
열 발을 구르면서 옆으로 걸어가네.
못 속에 깊이 잠겨 혼자 있기 좋아하고
강나루 등불에 놀라기도 하였지
은혜를 갚으려고 구슬 눈물을 흘렸던가?
원수를 갚으려고 창을 뽑아 들었던가?
호수 다리에 사는 거족들이야
무장공자(無腸公子)라 나를 비웃지만,

군자에게도 비할 만하니

덕이 뱃속에 차서 내장이 누렇다네.

속이 아름다워 온 사지에 통달하니

엄지발에 향이 맺혀 옥빛으로 통통해라.

오늘 저녁은 어떤 저녁이던가?

요지(瑤池) 잔치에 내가 왔네.

용왕께서 노래하시자

손님들 취해 술렁이네.

황금 궁전 백옥상에 술잔을 돌려 풍류 베푸니,

피리 소리는 군산을 울리고

아홉 주발에는 신선의 술이 가득 찼네.

산귀신도 와서 더덩실 춤을 추고

물고기들도 펄떡펄떡 뛰노네.

산에는 개암나무 있고 진펄엔 씀바귀가 있으니

그리운 우리 님을 잊을 수가 없어라.

그가 춤을 추면서 왼쪽으로 돌다가 오른쪽으로 꺾어지며 뒤로 물러났다가 앞으로 달려가기도 하니, 자리에 가득 모였던 사람들이 모두 몸을 비틀면서 웃음을 참지 못하였다.

그의 춤이 끝나자 또 한 사람이 나섰는데, 자칭 현(玄) 선생이라고 하였다. 꼬리를 끌며 목을 빼고 기운을 뽐내다가, 눈을 부릅뜨고 앞으로 나와서 말하였다.

"저는 시초(蓍草) 그늘에 숨어 지내는 자요, 연잎에서 놀던 사람입니다. 낙수(洛水)에서 등에다 글을 지고 나와 이미 하나라 우리 임금의 공로를 나타내었으며, 맑은 강물에서 그물에 잡혔지만 일찍이 송나라 원군(元君)의 계책을 이루어 주었습니다.

비록 배를 갈라서 사람을 이롭게 해 주기는 하였지만, 껍질 벗기는 것은 견뎌 내기가 어렵습니다. 두공에 산을 새기고 동자 기둥에 마름을 그렸으니, 껍질은 노나라 장공이 소중히 여겼습니다. 둘 같은 내장에다가 검은 갑옷까지 입었으니, 내 가슴에서는 장사의 기상을 토하였습니다.

노오는 바다 위에서 나를 걸터앉았으며, 모보는 강 가운데서 나를 놓아 주었습니다. 살아서는 세상을 기쁘게 하는 보배가 되고, 죽어서는 좋은 길을 예언하는 보물이 되었습니다. 이제 입을 벌리고 노래를 불러 천년 장륙의 회포를 풀어 보렵니다."

현 선생이 그 앞에서 기운을 토하자 실오리처럼 나부껴 그 길이가 백여 척이나 되더니, 이를 들어 마시자 자취도 없이 되었다. 그러고는 그 목을 움츠려서 사지 속에 감추기도 하고, 혹은 목을 길게 빼어 머리를 흔들기도 하였다. 얼마 뒤에 앞으로 조용히 나아와 구공무(九功舞)를 추면서 혼자 나아갔다 물러났다

하더니, 이내 노래를 지어 불렀다.

　그 가사는 이러하였다.

　산속 연못에 의지하여 나 홀로 지내며

　호흡만으로 오래도록 살고 있네.

　천년을 살면서 오색을 갖추고

　열 꼬리를 흔들며 가장 신령하였네.

　내 차라리 진흙 속에서 꼬리를 끌지언정

　묘당(廟堂)에 간직되기를 바라지는 않는다네.

　단약(丹藥)이 아니라도 오래 살 수 있으며

　도를 배우지 않아도 영과 통한다네.

　천년 만에 성스런 님을 만나면

　상서로운 징조들이 빛나게 나타나며,

　내 수족(水族)의 어른이 된지라

　연산(連山) 귀장(歸藏)의 이치를 연구하였네.

　문자를 지고 나오니 숫자가 있었으며

　길흉을 알려 주어 계책을 이루게 하였네.

　지혜가 많다 하여도 곤액은 어쩔 수 없고

　능력이 많아도 못 미칠 일이 있었네.

　가슴을 쪼개고 등을 지지는 것 면치 못하여

물고기와 벗 삼아 자취를 감추고서,
목을 빼고 발을 들어
높은 잔치 자리에 끼어들었네.
용왕님의 조화를 축하하려고
힘차게도 붓을 뽑아 들자,
술 권하고 풍악을 베풀어
즐거움 끝이 없어라.
북을 치고 퉁소를 부니
골짜기에 숨은 규룡이 춤을 추네.
산도깨비들 모여들고
물귀신들도 모여드네.
온교(溫嶠)처럼 무소뿔을 태우고
우임금의 솥으로 부끄럽게 하였네.
앞뜰에서 서로 만나 춤추고 뛰어 놀며
껄껄 웃기도 하고 손뼉도 치네.
해 저물자 바람이 일어
물고기들 뛰놀고 물결 일렁이는데,
좋은 때를 늘 얻을 수 없어
내 마음이 자못 슬퍼라.

노래는 끝났지만 그래도 황홀하여 발을 올렸다 내렸다 하며 춤을 추었다. 그 몸짓을 형용할 수가 없어, 자리에 가득하였던 사람들이 웃음을 참지 못하였다.

놀음이 끝나자 숲 속의 도깨비와 산속의 괴물들이 일어나서 저마다 장기를 자랑하였다. 누구는 휘파람을 불고 누구는 노래를 불렀으며, 누구는 춤을 추고 누구는 피리를 불었다. 누구는 손뼉을 치고, 누구는 시를 외웠다.

그들이 노는 꼴은 저마다 달랐지만 소리는 같았는데, 그들이 지어 부른 노래는 이러하였다.

용신께서 못에 계시며
어쩌다 하늘에도 오르시네.
아아, 천만년 동안
기나긴 복을 누리소서.
귀하신 손님맞이하니
신선처럼 의젓하여라.
새로 지은 노래를 즐기니
구슬을 꿰맨 듯하여라.
옥돌에다 깊이 새겨
천년 길이 전하리라.

군자께서 돌아가신다 하니
아름다운 이 잔치를 베풀었네.
'채련곡(採蓮曲)'을 노래하며
나풀나풀 춤을 추고,
두둥둥 쇠북을 두들기며
거문고 뜯어 화답하네.
뱃노래 권주가로
고래처럼 술 마시네.
예절 갖추어 놀면서도
즐거움 끝이 없어라.

노래가 끝나자 강하의 군장들이 꿇어앉아 시를 지어 바쳤다.
그 첫째인 조강신의 시는 이러하였다.

푸른 바다로 흘러드는 물은 그 형세가 쉼이 없어
힘차게 이는 물결이 가벼운 배를 띄웠어라.
구름이 흩어진 뒤에 밝은 달은 물에 잠기고
밀물이 밀려들자 건들바람 섬에 가득해라.
날이 따뜻해지자 거북과 고기들 한가롭게 나타나고
맑은 물살에 오리 떼들은 제멋대로 떠다니네.

해마다 파도 속에 시달리던 이 몸인데
오늘 저녁 즐거움으로 온갖 근심이 다 녹았네.

둘째인 낙하신의 시는 이러하였다.

오색 꽃 그림자가 겹자리를 덮었는데
대그릇과 피리들이 차례로 벌여 있네.
운모(雲母) 휘장 두른 곳에 노랫소리 간드러지고
수정 주렴 드리운 속에선 나풀나풀 춤을 추네.
성스런 용왕님께서 어찌 못 속에만 계시겠나?
문사는 그전부터 자리 위의 보배로다.
어찌하면 긴 끈을 얻어 지는 해를 잡아매고
아름다운 봄 햇살 속에 흠뻑 취해 지내려나.

셋째 벽란신의 시는 이러하였다.

용왕님께선 술에 취해 금상에 기대셨는데
산비는 부슬부슬 해는 이미 석양일세.
너울너울 곱게 춤추며 비단 소매 돌아가고
맑은 노래 가느다랗게 대들보를 안고 도네.

몇 년 동안 외로웠던가, 은섬이 번득이는데
오늘에야 기쁘게도 백옥잔을 함께 드네.
흘러가는 이 세월을 아는 사람이 없느니
예나 이제나 세상일은 너무나도 바빠라.

짓기를 마치고 용왕에게 바치자, 용왕이 웃으면서 읽어 본 뒤
에 사람을 시켜 한생에게 주었다. 한생은 이 시를 받고 꿇어앉
아 읽었다.

세 번이나 거듭 읽으며 감상한 뒤에, 그 자리에서 이십 운(韻)
의 장편 시를 지어 성대한 일을 노래하였다.

그 가사는 이러하였다.

천마산이 높이 솟아
폭포가 공중에 날아가네.
곧바로 떨어져 숲을 뚫고
급하게 흘러 큰 시내가 되었네.
물 가운데엔 달이 잠기고
못 밑바닥엔 용궁이 있어,
신기한 변화로 자취를 남기시고
하늘에 올라 공을 세우시니,

가는 안개가 자욱이 끼고
상서로운 바람이 부네.
하늘에서 분부가 중하여
청구(靑丘)에 높은 작위를 받으셨으니,
구름 타고 자신전(紫宸殿)에 조회하시고
청총마를 달리며 비를 내리시네.
황금 대궐에서 잔치를 열고
옥 뜨락에서 풍류를 베푸셨으니,
찻잔에는 노을이 뜨고
연잎에는 붉은 이슬이 젖네.
위의(威儀)도 정중하건만
예법은 더욱 높아,
의관과 문채 찬란하고
환패 소리 쟁쟁하여라.
물고기와 자라들 조회 드리고
물신령들도 모였으니,
조화가 어찌 그리 황홀하던지
숨은 덕이 더욱 깊으셔라.
북을 쳐서 꽃을 피게 하고
술잔 속에는 무지개가 있네.

천녀는 옥피리를 불고
서왕모는 거문고를 타네.
백 번 절하고 술잔을 올리며
만수무강하시라 세 번 외치네.
얼음 같은 과일에다
수정 같은 채소까지 있어,
온갖 진미에 배부르고
깊은 은혜는 뼈에 스며라.
신선의 이슬을 마신 듯
봉래산에 구경 온 듯,
즐거움 다하여 헤어지려니
풍류마저 한바탕 꿈과 같아라.

한생이 시를 지어 바치자, 자리에 있던 사람들이 모두 감탄하
고 칭찬하여 마지않았다.

용왕이 감사하면서 말하였다.

"이 시를 마땅히 금석에 새겨 우리 집의 보배로 삼겠습니다."

한생이 절하고 감사드린 뒤에 앞으로 나아가 용왕에게 아뢰
었다.

"용궁의 좋은 일들은 이미 다 보았습니다. 그런데 웅장한 건

물들과 넓은 강토도 둘러볼 수가 있겠습니까?"

용왕이 말하였다.

"좋습니다."

한생이 용왕의 허락을 받고 문밖에 나와서 눈을 크게 뜨고 바라보았는데, 오색구름이 주위에 둘려 있는 것만 보여서 동서를 분별할 수가 없었다.

용왕이 구름을 불어 없애는 자에게 명하여 구름을 쓸어버리게 하자, 한 사람이 궁전 뜰에서 입을 오므리며 한 번에 불어 버렸다. 그러자 하늘이 환하게 밝아졌는데, 산과 바위 벼랑도 없고 다만 넓은 세계가 바둑판처럼 보였는데 수십 리나 되었다. 아름다운 꽃과 나무가 그 가운데 줄지어 심겨 있었고, 바닥에는 금모래가 깔려 있었다. 둘레는 금성으로 쌓였으며, 그 행랑과 뜰에는 모두 푸른 유리벽돌을 펴고 깔아서 빛과 그림자가 서로 비치었다.

용왕이 두 사람에게 명하여 한생을 이끌고 구경시키도록 하였다. 한 누각에 이르렀는데, 그 이름을 '조원지루(朝元之樓)'라고 하였다. 이 누각은 순전히 파리(玻璃)로 이루어졌고 진주와 구슬로 장식하였으며, 황금색과 푸른색으로 아로새겨졌다.

그 위에 오르자 마치 허공을 밟는 것 같았으며, 그 층이 열이나 되었다.

한생이 그 위층까지 다 올라가려고 하자 사자가 말하였다.

"여기는 용왕께서 신력(神力)으로 혼자만 오르실 뿐이고, 저희들도 또한 다 둘러보지를 못하였습니다."

이 누각의 위층이 구름 위에 솟아 있었으므로 보통 사람이 올라갈 수는 없었다. 한생이 칠 층까지 올라갔다가 내려와 또 한 누각에 이르렀는데, 그 이름은 '능허지각(凌虛之閣)'이었다.

한생이 물었다.

"이 누각은 무엇하는 곳입니까?"

"이 누각은 용왕께서 하늘에 조회하실 때에 그 의장(儀仗)을 갖추고 의관을 손질하는 곳이랍니다."

한생이 청하였다.

"그 의장을 보고 싶습니다."

사자가 한생을 인도하여 한 곳에 이르렀더니 한 물건이 있었는데, 마치 둥근 거울과 같았다. 그런데 번쩍번쩍 빛나서 눈이 어지러워 제대로 살펴볼 수가 없었다.

한생이 말하였다.

"이것은 무슨 물건입니까?"

"번개를 맡은 전모(電母)의 거울이지요."

또 북이 있었는데, 크고 작은 것이 서로 어울렸다.

한생이 이를 쳐 보려고 하자 사자가 말리면서 말하였다.

"이 북을 한 번 친다면 온갖 물건이 모두 진동하게 됩니다. 이 것은 우레를 맡은 뇌공의 북입니다."

또 한 물건이 있었는데 풀무 같았다.

한생이 흔들어 보려고 하자 사자가 다시 말리면서 말하였다.

"만약 한 번 흔든다면 산의 바위가 다 무너지며 큰 나무들도 다 뽑히게 됩니다. 이것은 바람을 일게 하는 풀무랍니다."

또 한 물건이 있었는데 빗자루처럼 생겼고, 그 옆에는 물 항 아리가 있었다.

한생이 물을 뿌려 보려고 하자 사자가 또 말리면서 말하였다.

"물을 한 번 뿌리면 홍수가 나서, 산이 잠기고 언덕까지 물이 오르게 된답니다."

한생이 말하였다.

"그렇다면 어찌 구름을 불어 내는 기구는 두지 않습니까?"

"구름은 용왕의 신력으로 되는 것이지요. 기계가 움직여서 만들어 내는 것이 아니랍니다."

한생이 또 말하였다.

"뇌공(雷公)과 전모(電母)와 풍백(風伯)과 우사(雨師)는 어디 에 있습니까?"

"천제(天帝)께서 그윽한 곳에 가두어 두고 돌아다니지 못하 게 하였지요. 용왕께서 나오시면 곧 모여든답니다."

그 나머지 기구들은 다 알 수가 없었다.

또 기다란 행랑이 몇 리쯤 잇따라 뻗어 있었는데, 문에는 용의 모습을 새긴 자물쇠가 잠겨 있었다.

한생이 물었다.

"여기는 어디입니까?"

사자가 말하였다.

"여기는 용왕께서 칠보(七寶)를 간직하여 두신 곳이랍니다."

한생이 한참 동안 두루 돌아다니며 구경하였지만, 다 둘러볼 수는 없었다.

한생이 말하였다.

"그만 돌아가겠습니다."

사자가 말하였다.

"그러시지요."

한생이 돌아오려고 하였더니 그 문들이 겹겹이 막혀서 어디로 가야 할지 알 수가 없었다. 그래서 사자에게 부탁하여 앞에서 인도하게 하였다. 한생이 본래 있던 자리로 돌아와서 용왕에게 감사드렸다.

"대왕의 두터우신 은덕을 입어 훌륭한 곳들을 두루 둘러보았습니다."

한생이 두 번 절하고 작별하였다. 그랬더니 용왕이 산호쟁반

에다 진주 두 알과 흰 비단 두 필을 담아서 노잣돈으로 주고, 문 밖에 나와서 절하며 헤어졌다. 세 신도 함께 절하고 하직하였다. 세 신은 수레를 타고 곧바로 돌아갔다.

용왕이 다시 두 사자에게 명하여 산을 뚫고 물을 헤치는 무소 뿔을 가지고 한생을 인도하게 하였다.

한 사람이 한생에게 말하였다.

"제 등에 올라타고 잠깐만 눈을 감고 계십시오."

한생이 그 말대로 하였다.

한 사람이 서각을 휘두르면서 앞에서 인도하는데, 마치 공중 으로 날아가는 것 같았다. 오직 바람 소리와 물소리만 들렸는 데, 잠시도 끊어지지 않았다. 이윽고 그 소리가 그쳐서 눈을 떠 보았더니, 자기 몸이 거실에 드러누워 있었다.

한생이 문밖에 나와서 보았더니 커다란 별이 드문드문 보였 다. 동방이 밝아 오고 닭이 세 홰나 쳤으니, 밤이 오경쯤 되었다.

재빨리 품속을 더듬어 보았더니 진주와 비단이 있었다. 한생 은 이 물건들을 비단 상자에 잘 간직하였다. 귀한 보배로 여기 면서, 남에게 보여 주지도 않았다.

그 뒤에 한생은 세상의 명예와 이익을 생각하지 않고 명산으 로 들어갔다.

그 후, 그가 어찌 되었는지를 아는 사람은 아무도 없었다.